즐거운 소란

시작시인선 0409 즐거운 소란

1판 1쇄 펴낸날 2022년 1월 24일
1판 4쇄 펴낸날 2022년 2월 22일
지은이 이재무
펴낸이 이재무
기획위원 김춘식, 유성호, 이형권, 임지연, 홍용희
책임편집 박은정
편집디자인 민성돈, 장덕진
펴낸곳 (주)천년의시작
등록번호 제301-2012-033호
등록일자 2006년 1월 10일
주소 (03132) 서울시 종로구 삼일대로32길 36 운현신화타워 502호
전화 02-723-8668
팩스 02-723-8630
홈페이지 www.poempoem.com
이메일 poemsijak@hanmail.net

ⓒ이재무, 2022, printed in Seoul, Korea

ISBN 978-89-6021-612-9 04810
       978-89-6021-069-1 04810(세트)

값 10,000원

즐거운 소란

이재무

천년의 시작

시인의 말

나의 슬픔, 나의 노래

> 기억을 통한 이야기 방식은 불가능한 현존의 드라
> 마를 마침내 가능하게 하는 하나의 설득력 높은 방식이
> 고, 그 때문에 우리는 그 방식 속에서 '거듭 그리고 완
> 전히 살기'를 꿈꿀 수 있는 것이다.
> ─문광훈, 『가면들의 병기창─발터 벤야민의 문제의식』

십 년 전 여의도에 살던 때였다. 나는 여느 날처럼 겨울 이
른 아침 집을 나와 한강을 거닐다가 여의나루역을 향했다.
매서운 강바람이 옷섶을 파고 들어와 살(肉)을 아프게 헤집
어댔다. 대중가요 〈유정천리〉를 입 밖으로 뱉어 내었다(나
는 혼자 걸을 때 흘러간 유행가를 흥얼거리는 버릇이 있다). 한강 변에
는 지나는 행인이 없었다. 목청껏 노래를 불렀다. 2절 중
"가도 가도 끝이 없는 인생길은 몇 구비냐?" 노랫말이 입 밖
으로 흘러나올 때 갑자기 울음이 터져 나왔다. 주위를 돌아
보았다. 나는 엉엉 웃으면서 지하철역을 향해 발걸음을 놀
렸다. 노래가 끝나면 다시 불렀다. 강바람이 춥지 않고 시
원했다.

나는 왜 이 노래를 부르면서 왈칵, 울음을 쏟아 냈을까? 무심결에 입 밖으로 흘러나온 노랫말이, 그때까지 시난고난 살아온 편력을 순간적으로 압축하여 표현하고 있다고 느꼈기 때문이었으리라. 물론 이 행위는 의식이 개입되지 않은, 어디까지나 이성의 통제를 벗어난 무의식의 발로였다. 살다 보면 이렇듯 때와 장소를 불문하고 자신을 흘리고 생의 전라全裸와 치부를 가감 없이 노출시키는 때가 있다. 그러나 이것이 무조건적인 생의 낭비나 소모만은 아니다. 때에 따라 누적된 감정은 배설을 필요로 할 때가 있기 때문이다.

내가 즐겨 부르는 노래들은 대개가 어릴 적 엄니에게서 배운 것들이다. 생활에서 장애를 겪을 때마다 엄니에게서 배운 노래를 부르는 게 버릇이 되어 버렸다. 어릴 적 농사 채가 많지 않았던 우리 집은 담배 농사를 지어 곤궁한 생계를 이어 나갔다. 참으로 품이 많이 드는 농사였다. 담뱃잎은 탄저병에 취약하여 잎 사이사이 붉은 반점이 생겼는데 그것들을 가위로 잘라 내고 황금색 담뱃잎만을 추려 가지런히 해야 했다. 이것을 '담배 조리'라 하였다. 담배 농사는 아부지의 몫이었지만 담배 조리는 엄니와 동네 처녀들의 몫이었다. 하품이 잦은 오후 시간대가 되면 라디오에서 뽕짝의 구성진 가락이 흘러나오곤 하였는데 엄니와 처녀들은 누가 질세라 그 유행하는 노래들을 따라 부르면서 일이 주는 과중한 피로를 달래곤 하였다. 가수들이 불러대는 노래들은 나 같은 어린이가 듣기에도 어찌나 서럽고 청승맞고 구슬픈지 까닭 없이 가슴이 먹먹해지곤 하였다.

나의 시 쓰기는 군 제대 후 복학생이 되었을 때 본격적으로 시작되었지만 문자 행위로서의 시 쓰기가 아닌 생활로서의 시 쓰기는 이미 그 어린 시절 엄니와 처녀들이 떼창으로 부르던 노래들을 따라 부르면서 시작되었다 해도 과언이 아니다. 그 시절 가락에 실린 노랫말의 청승과 서러움은 고스란히 유전자처럼 내 시의 정서로 전이되었다.

차 례

시인의 말

제1부

호수 ——— 19

무화과 ——— 20

포옹 ——— 21

떨림 ——— 22

코스모스 ——— 23

풍경 ——— 24

거울과 수건 ——— 25

건들건들 ——— 26

꽃들이 울었다 ——— 27

곡우 ——— 28

나무 속으로 ——— 30

나무의 기율 ——— 31

감꽃 ——— 32

독창 ——— 33

따글, 자글하다 ——— 34

만선 ——— 35

막간 ——— 36

서리 ——— 38

침묵의 신자 ——— 39

밥 ——— 40

탈무드 ——— 41

노천 학교 ——— 42

시 ——— 44

첫 슬픔 ——— 45

제2부

저녁의 장례 ——— 49

계단들 ——— 50

그늘 ——— 51

그리고 가을이 깊어지면 ——— 52

다시 첫눈에 대하여 ——— 53

나는 여름이 좋다 ——— 54

낮달 ——— 56

물난리 ——— 57

바람 ——— 58

비에 대한 명상 ——— 59

첫사랑 ——— 60

즐거운 소란 ——— 61

빨래하기 좋은 달 ——— 62

저녁 예찬 ———— 63

개심사 ———— 64

개펄이 바다에게 ———— 65

경전 ———— 66

낙엽들 ———— 67

눈 ———— 68

동사動詞를 위하여 ———— 69

삶 ———— 70

흰 고무신 ———— 71

제3부

공원의 의자들 ———— 75

걸어온 길 ———— 76

그리운 것들은 ———— 77

늦은 밤의 공원 ———— 78

강 ———— 79

귀가 ———— 80

발자국들 ———— 81

침묵 ———— 82

비질 소리 ———— 83

빈집에 대하여 ──── 84

막내 고모부 ──── 85

시간에 대하여 ──── 86

어느 날 식당에서는 ──── 87

울음 ──── 88

장작불 ──── 89

운명 ──── 90

소리의 탄생 ──── 91

저녁 기차를 탔다 ──── 92

공터 ──── 94

나라 꽃 ──── 95

아버지 ──── 96

은행나무 ──── 97

달의 잎사귀 ──── 98

매미들 ──── 99

밥꽃 ──── 100

인연 ──── 101

만취 ──── 102

제4부

커밍아웃 ———— 105

보령댁 ———— 106

혁명 ———— 107

고개를 숙이다 ———— 108

나는 누구인가? ———— 110

나는 어느새 ———— 111

나무 도마 ———— 112

나의 장례식 ———— 113

바닥 ———— 114

나의 해장법 ———— 115

너무 멀리 걸어왔다 ———— 116

다시 두부에 대하여 ———— 117

2021년에 쓴 약전 ———— 118

돌아간다는 말 ———— 119

들숨과 날숨 ———— 120

시래기 국밥 ———— 121

악몽 ———— 122

바늘귀 ———— 124

사랑 ———— 125

오세영 ——— 126

열대야 ——— 127

우중 산행 ——— 128

이순 ——— 129

일회용 인연들 ——— 130

물 북 ——— 131

제5부

근현대사 ——— 135

나는 ——— 136

달려라, 뿔! ——— 137

레위기 ——— 138

묘비명 ——— 139

세상에서 제일 아픈 이름 ——— 140

벚꽃들 ——— 141

오리와 호수 ——— 142

사람은 무엇으로 사는가 ——— 143

소리의 내력 ——— 144

신이 앓고 계시다 ——— 145

아욱국 ——— 146

어떤 시인들 ——— 147

우리 시대의 예수 ——— 148

제비가 그립다 ——— 149

졸음 ——— 150

완성 ——— 151

인연 2 ——— 152

모닥불 ——— 153

부어행 ——— 154

제6부

꿈 ——— 157

꽃에 대하여 ——— 158

가만히 ——— 159

고장 난 선풍기 2 ——— 160

농부들 ——— 161

단풍 ——— 162

더위 ——— 163

동백 아가씨 ——— 164

코로나 19 ——— 165

병 ——— 166

상강 ——— 167

가족 극장 ——— 168

우는 사람 ——— 169

사랑에 대하여 ——— 170

역사 ——— 171

탄생 ——— 172

폭풍 속으로 ——— 173

수족관 ——— 174

새해 첫날 ——— 175

제7부

이순 너머의 귀 ——— 179

옛집 ——— 180

외로운 밤 ——— 181

우산들 ——— 182

인연들 ——— 183

자선 ——— 184

자전 ——— 185

장맛비 ——— 186

저수지 ——— 187

제빵사 ──── 188

가족 극장 2 ──── 189

주목나무 ──── 190

진달래꽃 ──── 191

춘우시정春雨詩情 ──── 192

컵에 대하여 ──── 193

불안 ──── 194

통곡 ──── 195

죄다 ──── 196

산행 ──── 197

해 설

고형진 온몸으로 밀고 나간 묵직한 서정 ──── 198

제1부

호수

호수는 하나의 커다란 외눈박이

호수는 날마다 풍경을 바라본다

비 오는 날 호수는 눈을 감는다

비 오는 날 외눈박이 호수가 운다

무화과

술안주로 무화과를 먹다가
까닭 없이 울컥, 눈에
물이 고였다
꽃 없이 열매 맺는 무화과
이 세상에는 꽃 시절도 없이
어른을 살아온 이들이 많다

포옹

바람이 불어오자

간격 두고 서 있는

한 나무의 그림자 출렁,

이웃한 나무의

흔들리는 그림자와 포개진다

하루에도 몇 번씩 그렇게

나무들은 만났다 헤어진다

떨림

북극을 향해 바늘 끝이 떨리지 않는다면 지남철은 무용한 쇠에 지나지 않는다

서로를 향한 떨림의 촉수가 그쳤을 때 너와 나는 무연한 상대에 지나지 않는다

코스모스
―칼 세이건에게

 우주에는 수천억 별로 이루어진 은하계 수천억 개가 있다. 지구가 소속된 은하계는 수천억 은하계 중 변방에 속한다. 지구는 은하계에서 가장 변두리에 위치해 있다. 푸른 먼지에 지나지 않는 지구에 70억 인구가 각축하며 살고 있으며 사람의 평생은 우주 시간으로 찰나보다도 짧다.

 하루살이 미물같이 짧은 한평생을
미워하는 일로 소진하다니 어리석구나.
사람이여, 문득 사는 일 벅차고 서러울 때
눈 들어 하늘의 별을 보라!
우리는 모두 별의 자식들이다.
지상의 소풍 끝내고 돌아갈 집 저기,
저렇게 푸른빛으로 글썽글썽 반짝이고 있다.

풍경

숫돌에 벼린 낫을 들고 나가
시뻘겋게 독 오른 해의 모가지를
댕강댕강 잘라 들판에 던져 두고
흐르는 피는 모아 두었다가
강물에 쏟아 버렸다
물컹물컹 풀이 치솟고
부글부글 물은 끓기 시작하였다
밤이 오면 누군가 우물 속
달을 퍼 올려 온 산야에 뿌려대었다
숲속에서는 살찐 적막이 구렁이처럼
줄기와 가지를 칭칭 감아올리고
반성을 모르는 풍경은 날마다 번성하였다

거울과 수건

　속을 알 수 없어 궁금할 때는 길가에 쭈그려 앉아 풀잎을 오래 들여다본다. 풀잎은 마음을 비추는 거울. 투명한 거울에 때 낀 마음이 떠오른다. 속이 어두워 답답할 때는 고개를 들어 하늘을 올려다본다. 하늘은 마음을 닦는 한 장의 수건. 세상을 흐리는 얼룩을 닦는다. 가을은 삼라만상이 마음을 비추는 거울이고 마음을 닦는 수건이다.

건들건들

꽃한테 농이나 걸며 살면 어떤가

움켜쥔 것 놓아야 새것 잡을 수 있지

빈손이라야 건들건들 놀 수 있지

암팡지고 꾀바르게 사느라

웃음 배웅한 뒤 그늘 깊어진 얼굴들아,

경전 따위 율법 따위 침이나 뱉어 주고

가볍고 시원하게 간들간들 근들근들

영혼 곳간에 쟁인 시간의 낱알

한 톨 두 톨 빼 먹으며 살면 어떤가

해종일 가지나 희롱하는 바람같이

꽃들이 울었다

꽃들이 울었다. 아침에 울기 시작한 꽃들은 한낮 지나 저녁 지나 밤 도와 울다가 날 밝자 다시 울었다. 날 흐려 울다가 날 개서 울다가 바람 불어 울더니 바람 그쳐 울었다. 보라로 울고 자주로 울더니 노랗게, 하얗게, 붉게 엉엉 웃었다. 4월은 울음의 달. 꽃이 꽃을 부르며 울자 풀이 따라 울고 하늘도 파랗게 멍이 들었다.

곡우

1
마른논에 물 들어오자
덩달아 부지런 떠는 것들이 있다
물꼬 따라 흘러들어 오는 물을 타고
구름들이 겅중겅중 걸어 들어오고
삼동 내 적적해하던 논둑 미루나무들
슬그머니 가지 뻗어 오는데
앞산 그늘도 질세라 더운 몸을 담궈 온다
뭉쳐 있던 흙의 근육 풀리자
벌레들 태어나 물무늬 일으키고
공중을 나는 새 날갯짓
자취 남겼다 사라진다
밤에는 문지방 닳도록 찾아온
별과 달 무논의 한지에 시문詩文 짓고
어둠의 무명을 찢는 푸른 개
울음소리 첨벙첨벙 뛰어들기도 한다
마른논에 물 들어오자 내외하던
땅과 하늘 금슬 좋은 한 몸이 된다

>
2
낮잠 든 새 비가 오셨다
살갑게 봄비 내리신다
우산 받쳐 들고 뜨락에 나서니
봄비 돋는 소리 자욱하다
빗소리의 순을 딴다
된장 두어 숟갈 풀어 놓은 냄비에
따 모은 순들을
냉이와 함께 넣고 끓인다
보글보글 피어오르는
구수한 내가 집 안팎으로 번진다
봄국 한 대접으로
마음의 허기를 끄니
저녁이 몰래 환해진다

나무 속으로

나무 속으로 들어가 수로를 따라 걸었다. 푸른 들, 푸른 하늘이 펼쳐지고 푸른 마을과 푸른 언덕과 푸른 우물과 푸른 지붕이 천천히 다가왔다. 푸른 학교가 보여 성큼 들어섰다. 긴 낭하를 따라 풍금 소리가 들려왔다. 음표가 흘러나올 때마다 이파리들 파랗게 몸 뒤집으며 반짝반짝 웃고 있었다. 나무 속으로 강이 흐르고 새들이 날고 푸른 연기가 피어올랐다.

나무의 기율

비를 바람을 햇살을 구름을 달빛을 별을 먼지를 저항 없이 받아들여 성장의 동력으로 삼는 나무들이야말로 지구라는 종교의 가장 신실한 신자들이다. 나무는 미래 지구의 지표다.* 나무의 전신 감각을 내 정신의 기율로 삼고 싶다.

* 칼 세이건의 『코스모스』에서 인용.

감꽃

마루에 앉아
뜰아래 태어나
슬금슬금 마당으로
번지는 그늘을 보네
산속 뛰쳐나와
무논에 동심원을 그리는
뻐꾸기 울음 방울을 보네
가지 떠나 하롱하롱
바닥에 닿는 감꽃들
슬쩍슬쩍 뒤를 받치는
허공을 보네

독창

더위 피해 그늘 찾아 나무 아래 서 있으면 샤워기 틀어 놓은 듯 매미 울음의 물줄기가 쏟아져 내린다 어깨가 뻐근하다 강물의 수위가 높아지고 있다

따글, 자글하다

감나무 가지마다 감들이 따글따글하다
대추나무 가지마다 대추알들 따글따글하다
밤나무 가지마다 밤송이들,
밤송이 속 밤알들 따글따글하다
벼의 줄기마다 볕 알들 따글따글하다
계곡의 물소리 자글자글하다
먼 산 보는 노인의 이마가 자글자글하다
저녁 풀밭 벌레들 울음소리 자글자글하다
밤하늘 별들 따끌따끌하다
독기 빠진 추억들 몰려와 따글, 자글하다

만선

6월의 나뭇가지에

가득 열린 푸른 물고기들

바람이 불 때마다

지느러미 흔들며

공중을 헤엄치고 있다

나무들마다 만선이다

막간

양철 지붕에 쏟아지는

소낙비처럼 요란하던

매미 울음이 뚝, 그쳤다

얼마 후 불쑥 생각난 듯

매미들은 또, 울음통을

열어젖혀 한껏 소리의

폭우를 쏟아 내리라

울음과 울음 사이

그, 막간을

고요의 물결이 들어와 채운다

\>

출렁이는 고요

고요의 심해, 아득하다

서리

행상 트럭 가득 실려 있는 참외들 보면

주린 시절 서리 본능이 몰래 눈을 뜨네.

마음이 고플 때도 본능이 살아났지.

사랑을 서리하며 나는 살아왔네.

너를 훔치고, 훔치다가 마침내 만인을 훔치면

예수와 석가처럼 영생을 살 수 있지.

서리는 서럽고 달콤한 본능.

참외를 보면 어질어질 노랗게 추억이 떠오르네.

침묵의 신자

까닭 없이 심사가 어지러운 날
숲속에 들면 나무들은 저마다
우뚝 선 채 바람에 맞서고 있다
사람의 손 타지 않은 저마다의
형상으로 허공을 움켜쥐고 있는
나무들은 각자가 신성한
나라이고 거룩한 종교이다
하늘과의 거래만을 꿈꾸며
서로를 침범하지 않고 일정한
간격 속에서 우아한 조화와
자유로운 동맹과 끈끈한 우애와
단단한 결속과 아름다운 연대를
이룬 신성한 영토에서 나는
저잣거리의 수다를 내려놓고
침묵의 신자가 되어 옷깃 여민다

밥

고개 숙여 평생 밥을 먹어 온 나는

우뚝 서서 봄비를 맛있게 먹는

나무를 부러운 듯 오래 바라다본다

밥 앞에서 굴신을 모르는 저 당당한

수직의 생을 누군들 따를 수 있으랴

탈무드

바다의 물고기들이 소금에 절여지지 않는 것은 살아 부단
히 활동하기 때문이다.

물의 정상은 바다다.

강태공이 침묵하는 이유는 물고기가 입으로 낚이기 때
문이다.

가장 현명한 교사는 자신을 가르치는 자이다.

노천 학교

여름의 저수지는 노천 학교였다 아침 숟가락 내려놓기
바쁘게
저수지로 등교했다 노는 일이 공부라 미역을 감고
물싸움을 벌이고 소쿠리에 된장 주머니 달아 민물새우
를 잡았다
서리해 온 것들로 요기를 하고 물 위에 누워 하늘이 방
목하는
구름을 실눈에 담고 몽롱에 취했다 바닥이 궁금하여 물
속에 물구나무를 섰다가 불쑥, 농약 마시고 죽은 당숙의
얼굴이 떠올라 소스라치기도 했다 젖어 파래진 몸을,
햇빛에 달구어진 너럭바위에 널면 새들이 물똥을 갈겼다
검푸른 담뱃잎을 지게 가득 쌓아 어깨가 움푹 패도록 지
고 오는
아버지가 저수지 갓길에 불쑥 나타나면 눈에 띌세라 잽
싸게
물속으로 몸을 숨겼다 전신의 물기 털어 내며 둑 아래
가축처럼 쓸쓸한 마을을 바라볼 때 고요가 지글지글 끓고
버스가 뽀얗게 먼지 일으키며 경사진 신작로 끌며 가고
있었다
슬금슬금 내려오던 산그늘이 저수지를 덮고 나서야 하

교를 서둘렀다

내 나이 열 살, 저수지에서 미래를 예습했다

시

싼값에
좋은 것을 골라
더 많이 주려고
안절부절못하며 애쓰는,
단 한 줄의 시조차
읽은 적 없는 과일 행상 할머니의
어진 마음이야말로 절창 아니고 무엇이랴

첫 슬픔

열 살 무렵이었다. 엄니가 논산 장날에 사 온 강아지가 한 석 달 식구의 일원으로 살다가 어디서 쥐약을 먹고 돌아와 죽었다. 입에 거품을 뿜고 사지를 떨며 죽어 가면서도 나를 보자 안간힘으로 꼬리를 흔들었다. 태어나 처음으로 맞닥 뜨린 죽음이었다. 쇠못 같은 슬픔이 살을 콕콕 찔러댔다.

그날의 슬픔은 액체가 아니라 고체로 찾아와 아프고 힘 들게 했다. 죽은 친구를 뒷산 아래 묻어 주고 나무 십자가 를 만들어 무덤 앞에 세워 주었다. 방과 후 집에 오면 책보 를 마루에 팽개치고 무덤으로 달려가 한참을 서 있다 왔다. 그렇게 그가 산 세월만큼 시간을 보내고 있었다. 한심하고 안쓰러웠는지 하루는 아부지가 나를 불러 세워 다음 장날에 더 좋은 품종을 사올 테니 무덤을 찾지 말라 엄하게 꾸짖었 다. 서운하고 억울했지만 아부지 명을 따라야 했다. 물론 아부지는 약속을 지키지 않았다.

그 뒤로 수없이 많은 죽음을 보아 왔지만 그날로부터 멀 어지는 것과 비례하여 죽음을 대하는 순정의 빛이 바래 갔 다. 잊히지 않는, 지금도 떠올리면 그날의 통증은 지워진 채 다만 눈에 선한 분홍 슬픔이여, 나는 가끔 네가 근친처 럼 그리워진다.

제2부

저녁의 장례

아무런 감동도 없이 데면데면한 얼굴로 또 그렇게 겨울 저녁이 찾아왔다. 그에게 달리 해 줄 말이 없었다. 우리는 장날에 끌려 나온 가축들처럼 서로 물끄러미 바라보다가 어제처럼 헤어졌다. 언제나 너무 이른 시간에 찾아와서는 불안하게 서성이다가 긴한 약속이나 있는 것처럼 서둘러 떠나는 그의 뒷모습이 이물스럽다.

계단들

높고 긴 계단들은 어디로 갔을까
계단을 오를 때는 단계를 밟아야 한다
계단에서는 추월이 어렵다
계단을 오를 때 신체는 정직해진다
계단은 나쁜 생각에 인색하다
육체가 비명을 지를 때 밝아지는 정신
계단을 오를 때 시선은 바닥을 응시한다
계단을 오를 때 누구나 혼자가 된다
계단은 리어카 바퀴를 닮았다
도시를 떠난 계단을 산에서 만난다

그늘

    나무 곁에서 그늘이 자라는 것을 본다. 그늘은 번지다가 흐르다가 고이다가 출렁거린다. 그늘은 자신을 지나는 것들을 적시다가 덮다가 쓸기도 한다. 그늘은 가지에 난 잎들의 빛에 대한 반란일까, 순응일까. 그늘은 나무의 한숨이고, 눈물이고, 허밍이고, 문장이다. 그늘은 나무의 재부. 그늘을 부족처럼 거느린 나무들이 우뚝 서 있다.

그리고 가을이 깊어지면

그리고 가을이 깊어지면 호주머니가 많이 달린 외투를 입고 숲을 찾아가 주머니마다에 숲의 정령들을 들어앉히고 나를 심문하리라 투명해진 죄가 보이고 나는 한결 가벼워져서 통통 튀어 오르는 공처럼 마을로 돌아올 수 있으리 이것은 내가 겨울을 맞이하는 방식 어떤 추위도 두렵지 않을 것이다

길을 걷다가 하늘을 올려다보는데 날아가던 새가 이마에 물똥을 갈기고 간다 세월이 쓴 주름 문장에 새가 마침표를 찍은 것이다 아직 생의 문장은 미완이므로 나는 마침표를 얼른 지운다

다시 첫눈에 대하여

하늘하늘 첫눈이 내리고 있네
순결한 모국어가 송이송이 내리네
첫눈
입술을 가만히 열어 발음하면
마음에 몰래 파문이 일었다 지네
상점 입간판에 가로수 가지에 교회 첨탑에
둥근 모자에 내려앉고
고개 젖힌 여자의 젖은 눈썹에도
내려 녹는 눈
살결에 닿자마자 깊게 스미는 눈
크리스마스가 멀었는데 캐럴 송 우련하게 들려오네
눈에 밟혀 오는 살가운 얼굴
연기처럼 피어오르는 추억
저녁 새가 둥지를 찾아
도시의 지붕 밑을 낮게 날고 있네

나는 여름이 좋다

1

나는 여름이 좋다
옷 벗어 마음껏 살 드러내는,
거리에 소음이 번지는 것이 좋고
제멋대로 자라대는 사물들,
깊어진 강물이 우렁우렁 소리 내어 흐르는 것과
한밤중 계곡의 무명에 신이 엎지른 별빛들 쏟아져 내려
화폭처럼 수놓은 문장 보기 좋아라
천둥 번개 치는 날 하늘과 땅이 만나 한통속이 되고
몸도 마음도 솔직해져 얼마간의 관음이 허용되는
여름엔 절제를 모르는 아이와 같이
나를 마구 들키고 싶고 내 안쪽 고이 숨겨 온 비밀
몰래 누설하고 싶어라
나는 여름이 좋다

2

나는 시끄러운 여름이 좋다
여름은 소음의 어머니
우후죽순 태어나는 소음의 천국
소음은 사물들의 모국어

백가쟁명 하는 소음의 각축장
하늘의 플러그가 땅에 꽂히면
지상은 다산의 불꽃이 번쩍인다
여름은 동사의 계절
뻗고, 자라고, 흐르고, 번지고, 솟는다

낮달

1

하늘에 떠다니는 구두 한 짝
한 짝은 어디 갔노?
술 마시고 오다가 넘어져 논바닥에 빠뜨렸나?
아침에 혼구녕 난 보복으로
누렁이가 물고서 고샅으로 내뺐나?

2

계곡 높은 곳에서 손으로 물을 퍼 담아
얼굴 비춘 뒤 무어라, 무어라 사랑의 말을
이파리 한 잎에 담아 흘려 보내면
계곡 아래 당신은 기다렸다가
동동 떠내려오는 파란 한 잎의 말을
놓칠세라 정성껏 퍼 올려 이리저리
뒤집어 들여다본 후 흘려보내네
하나님도 더운 여름이 길고 지루하신지
우리가 하는 무위한 짓 몰래 들여다보시네

물난리

한여름 기상청 예보를 비웃으며
큰비가 내리면 냇둑이 터지고 강물이
흘러넘쳐 물난리를 겪고는 하였다
큰물은 만만한 살림살이를 패대기치며
가난을 능멸했지만 수재민들은 기죽지 않고
생에 요긴한 동작들을 활기차게 보여 주었다
이제는 큰비가 내려도 물난리를 겪지 않는다
아무리 요동을 치고 법석을 떨어도
큰물은 사람들이 쳐 놓은 높고 단단한 울타리
넘지 못한다 그때부터다 시름을 내려놓게 된
가장들 생의 활력도 함께 내려놓은
아, 나는 가끔 그때의 물난리가 그립다
물이 무서워 발을 동동 구르면서도
물에 질 수 없다는 의욕으로 충만했던 시절이

바람

어떤 바람은 초록과 꽃을 만나 결이 부드러워지기도 하지만
어떤 바람은 높은 담벼락을 만나 멍이 들어 우수수 쏟아지
기도 하지만
어떤 바람은 가시철망이나 병 조각을 만나 너덜너덜 찢어
지기도 하지만
어떤 바람은 내 몸 안쪽에서 일어나 바깥으로 불기도 하지만
바람은 언제나 지난 뒤에야 향방을 알려 주지만
바람은 어제도 오늘도 내일도 불고 또 불 것이지만

비에 대한 명상

비에 마음이 젖어 너덜너덜하다. 빗소리를 따다가 전에 부치면 빛깔이 좋고 맛도 있다. 마음이 몸에 난 쪽문을 열고 나가 쏘다니다가 후줄근하게 젖어서 돌아온다.

빗소리는 사물들이 비를 빌려 우는 소리다. 빗소리는 사물들의 의식이고, 사물들의 영혼이다.

비에 젖는 사물들은 겸손하다. 빗소리는 육체를 가지고 있다. 사물들은 온몸이 귀와 손이 되어 다소곳하게 자신들이 내는 소리를 경청하며 만지고 있는 것이다.

첫사랑

어둠이 빠르게 마을의 지붕을 덮어 오던
그해 겨울 늦은 저녁의 하굣길
여학생 하나가 교문을 빠져나오고 있었다.
마음의 솔기가 우두둑 뜯어졌다.
풀밭을 흘러가는 뱀처럼 휘어진 길이
갈지자 걸음을 돌돌 말아 올리고 있었다.
종아리에서 목덜미까지 소름 꽃이 피었다.
한순간 눈빛과 눈빛이 허공에서 만나
섬광처럼 길을 밝히고 가뭇없이 사라졌다.
수면에 닿은 햇살처럼 피부에 스미던 빛
고개 들어 바라본 하늘엔
밤의 상점처럼 하나둘씩 별들이 켜지고
산에서 튀어나온 새 울음과
땅에서 돋아난 적막이 길에 쌓이고 있었다.
말없이 마음의 북 둥둥, 울리며 걷던 십 리 길
그날을 떠나온 지 수 세기
몸속엔 홍안의 소년 두근두근, 살고 있다.

즐거운 소란

여름은 소란이 번성하는 계절
새들의 산부인과 병동인 야산에 새 새끼들
울음소리 질펀하고 무논에서 둑으로
무리 지어 튀어나오는 개구리 울음소리며
타작마당 콩알들처럼 여기저기
가지에서 쏟아지는 매미들 떼창에 귀가 먹먹하다
몸보다 큰 그림자 끌며 유영하는 물고기들
살이 오르고, 불쑥 떠오른 생각처럼
바람 불 때마다 은피라미인 양
팔랑팔랑 하얗게 몸을 뒤집는 나뭇잎들
숲에는 그늘이 고여 출렁이고
괄약근 느슨해진 하늘에서 천둥 번개 치고
큰비 내려 계곡과 냇가에 갑자기 불어난 물이
변성기 소년의 성대처럼 괄괄 소리 내어 흐르는데
비 갠 하늘에 나타난 비행기가
폭음을 내려놓고 사라진다

빨래하기 좋은 달

1

5월은 빨래하기 좋은 달
삶아 뺀 빨래들을 헹궈
바지랑대로 키 높인 빨랫줄에
가지런히 널어놓고
한가하게 툇마루에 걸터앉아
앞산 연두에 눈 주는 틈틈이
물을 바닥에 내려놓으며
말라 가는 것들을 바라보고 싶다
실컷 울고 난 얼굴처럼
한결 맑고 가벼워진 몸으로
툭툭, 바람의 발길질에 이리저리 나부끼는
생활을 거두어 보기 좋게 개키고 싶다
책력에는 빨간 날짜가 두 개나 들어 있다

2

5월은 씨 뿌리는 달
볕 좋은 날
들판에 나가
나를 깊숙이 심고 싶다

저녁 예찬

하오, 풀잎의 그늘 속에서 예감하는 저녁은 꽃송이처럼 밤을 연다. 농가에는 들에 나가 있던 가축들이 돌아오고 항구에는 바다를 낚던 선박들이 돌아온다. 밤의 지붕 아래 상점들이 하나둘 불을 켜기 시작하면 비로소 도시는 비 젖은 야생초처럼 활기를 띤다. 크고 작은 빌딩에서 튀어나온 물방울 물결 되어 흘러가는 인환의 거리. 저녁은 갓 캐 온 식물처럼 푸르고 저 흥성스러운 골목 속으로 나는 야생이 되어 컹컹, 짖으며 걷는다. 저녁은 생의 자궁. 나는 날마다 저녁에 태어나 아침에 죽는다.

개심사

개심사를 찾았네
마음 열기 전 마음 고쳐야 한다
배롱나무 가지 열고 나온
꽃, 마음을 전해 주었네
네모난 주춧돌 위에 세워진
둥근 기둥과
사각의 기와로 이루어진
지붕의 능선을 바라보다가
해우소에 들러 근심 한 덩어리
떨어뜨리고 일주문을 나섰네
개심改心에서 개심開心까지
수만 리 길 아득하였네

개펄이 바다에게

내 몸이 이토록 속 깊이

부드럽고 연하고 찰진 것은

하루에 두 번 네가

뜨겁게 안아 주기 때문이야

경전

늙수그레한 여자가
층 층 층
3층으로 된 쟁반을 이고
천천히 계단을 오르고 있다
공중으로 떠가는
한 채의 탑
지극정성으로 끼니를 모시는 자의
뒤태가 엄숙하고 거룩하다
밥이 경전이다

낙엽들

생전에 만나지 못하다가

이리저리 바람에 쓸리며

하찮게 바닥을 나뒹굴다

마대 자루에 담기는 저것들은

지난 계절 가지를 떠나지 않으려

얼마나 악착을 떨어댔던가?

눈

푸르고 맑고 투명한 눈은 호수의 초입 같아서 그런 눈을
만나면 나는 한 마리 물고기 되어 호수 속으로 헤엄쳐 들어
가고 싶다. 평화롭고 아늑한 누이와 어머니의 나라. 호수의
심연 속 웃자란 물풀들 사이로 지느러미 흔들며 몽유의 시
간을 살다가 오고 싶은 것이다.

동사動詞를 위하여

명사에는 진실이 없다
진실은 동사로 이루어진다
신이나 진리를 명사로 가두지 마라

삶

　아프리카 원주민들은 강을 건널 때 강물에 휩쓸리지 않기 위해 머리 위에 큰 돌을 이고 건넌다. 짐을 진 자는 함부로 고개를 쳐들 수 없다. 고개를 아래로 숙여 자기를 들여다본다.

　삶이 가끔은 잠이었으면 좋겠다는 생각이 들 때가 있다. 첫새벽 악몽에 시달리다가 잠에서 깨어 가슴을 쓸어내리듯 더러는 고달픈 삶에서 깨어 가슴을 쓸어내리고 싶은 것이다.

흰 고무신

첫새벽 기침하신 엄니가 부엌으로 밥 지으러 갈 때 뜰방에 벗어 놓은 신발, 버릇처럼 탈탈 털고 신은 까닭을, 내 오늘에야 문득 번개처럼 알았네. 밤새도록 뒷산 어깻죽지 물었다 뱉으며 울어대던 새 울음소리, 또르르 비탈 타고 굴러와 용케도 흰 고무신에 까맣게 고여 있어서였네.

제3부

공원의 의자들

한겨울 공원의 의자들은 무료하고 한가하다. 일정한 거리를 두고 서 있는 나무들은 낮 동안 그림자를 의자 쪽으로 드리우다가 저녁이 오면 거둬들인다. 거리의 노숙자들 뒤뚱거리며 의자 아래 흩어진 먹이를 찾느라 분주하다.

오늘 하루 저 의자들에는 한 줌의 먼지와 몇 장의 휴지 조각과 나뭇가지에 앉은 새가 떨어뜨리는 몇 알의 똥과 도로에서 뛰어든 자동차 소음이 다녀갈 것이다. 낡아 변색된 책처럼 아무도 의자의 페이지를 넘기지 않는다. 한때 저 의자들은 얼마나 분주한 일상을 살아왔던가. 한겨울 공원의 의자들에는 한낮의 권태와 한밤중의 적막이 분말 가루처럼 쌓이고 있다.

걸어온 길

걸어온 모든 길들은

세포 속에 쟁여져 있다

내 울퉁불퉁한 몸은

길이 만든 것이다

발바닥을 타고 들어와

몸 구석구석으로 뻗어 나간

길들은 활발하게 기억을,

감정을 실어 나른다

미로처럼 어지러운 길이여,

길이 만든 생, 나의 전체여,

언젠가 길들은

내 몸을 빠져나갈 것이다

그리운 것들은

나를 울다 간 이들은 산에 가 있다. 쏟아지는 눈을 이불처럼 덮고 있거나 낱알 같은 햇볕을 세며 쬐고 있거나 뼈 속을 파고드는 비에 속수무책 젖고 있거나 수북이 쏟아지는 별빛을 모자로 쓰고 있거나 파릇파릇 잔디를 키우거나 장끼를 날려 고요를 찢고 있다. 눈을 감아야 보이는 것들은 산에서 산다.

늦은 밤의 공원

늦은 밤 동네 공원 벤치에 앉아 핸드폰을 들여다보고 있는데 어디서 소곤소곤 말소리가 들려와 주변을 돌아다보았지만 희미한 가등 불빛을 덮고 자는 나무들뿐 아무도 눈에 띄는 이가 없었다. 나는 귀를 의심하며 하던 짓으로 돌아왔는데 예의 소리가 다시 들려오는 거여서 온몸을 쫑긋 세워 들으니 그 소리는 나무들이 자면서 내는 잠꼬대였다. 무슨 험한 꿈을 꾸는지 괴성을 질러대는 나무도 있고 드르렁 코를 고는 나무도 있었다. 밤이 되면 나무들도 잠을 잔다. 내일의 푸른 시작을 위해 긴 잠에 드는 것이다. 나는 핸드폰을 접고 몰래 공원을 빠져나왔다.

강

아프고 괴로울 때 강으로 왔다
무엇이 간절히 그리울 때 강으로 왔다
기다림에 지쳤을 때 강으로 왔다
억울하고 서러울 때 강으로 왔다
미움이 가시지 않을 때 강으로 왔다
분노가 솟구칠 때 강으로 왔다
자랑으로 흥분이 고조될 때 강으로 왔다
마음이 사무칠 때 강으로 왔다
내가 나를 이길 수 없을 때 강으로 왔다
해마다 스승의 날이 오면
나는 꽃 한 송이 사 들고 강으로 왔다
강은 바다에 미치면 죽는다

귀가

　밤늦게 집에 오다가 창백한 안색으로 식은땀을 흘리며 헐떡이는 길을 보았다. 멍든 자국들, 부어오른 발등, 무엇에 긁힌 상흔들, 불빛과 소음에 지친 도시의 길이 깊고 길게 신음을 뱉어 내고 있다. 해진 런닝구처럼 얼룩덜룩 때 묻은 어둠의 천 조각들이 여기저기 소리 없이 아우성치며 함부로 나부끼고 있다.

발자국들

겨울 산길 들길은 얼었다 풀렸다 하는 중에
발자국들이 생겨 나와 서로 나란하기도 하고
포개지기도 하고 걸치기도 하고 엇나기도
하다가 눈비가 다녀가면 씻은 듯 지워지는
것인데 나는 그것이 누군가의 이력이나 약전으로
읽히기도 하는 것이어서 걷다가 우뚝 멈춰
어지럽게 길 위에 새겨진 그것들을 새삼스레
골똘히 들여다보는 때가 있다

침묵

침묵은 말을 하지 않는 것이 아니라 듣는 것이다. 자연의 온갖 소리들 새 울음소리, 강물 소리, 벼랑을 물었다 뱉는 파도 소리, 나뭇가지 스치는 바람 소리, 홈통 타고 내려오는 빗소리, 눈 내리는 소리, 산의 능선을 타는 달의 숨소리 등속을 관통하여 마침내 신의 음성을 듣는 것이다.

비질 소리

첫새벽 잠결에 듣던 비질 소리

물 뿌려 마당의 잠을 깨우고

구석구석 알뜰, 살뜰하게

맨땅을 문질러 쓸며

하루의 시작을 알리던

아부지의 비질 소리

가축들을 깨우고

게으른 나와 형제들을 꾸짖던,

지금도 어쩌다 글을 쓸 때

슬그머니 다가와 따갑게 참견하는,

우렁우렁 눈에 삼삼한 잔소리

빈집에 대하여

식구들 집 비우고 난 뒤 홀로 남은 빈집은 무슨 생각으로 하루를 보낼까? 빈집은 외롭고 적적해서 문 틈새로 먼지를 들이고 창 가득 햇빛을 들이고 몰래 들어온 바람에게 수작이나 걸고 있을까? 빈집에서 소파는 늘어지게 하품을 하고 티브이는 가수면 상태로 몽상에 젖고 냉장고는 음식들을 천천히 상하게 하고 칼과 도마는 서로를 노려보고 통 속 수저들은 들썩들썩 안달이 나고 가스레인지는 방화를 꿈꾸고 있겠지? 나는 가끔 빈집의 안부가 궁금할 때가 있다.

막내 고모부

논산 합정리에 하꼬방을 내어 살던 막내 고모부는 아부지와 동갑내기로 술을 밥보다 좋아하였다. 주독 오른 코끝이 산딸기처럼 붉었다. 장대처럼 키가 커서 허리가 새우처럼 구부정했는데 말수가 없다가도 술이 얼큰하면 다변이었다. 고모부가 어쩌다 들르면 엄니는 댓 발이나 나온 입으로 마루에 술상을 내놓았다. 빚보증으로 친정에 차압을 안긴 뒤로 내왕이 끊긴 고모와 고모부는 사이에 사 남매를 두었는데 맏이 준이는 나와 또래였다. 염소 상에 눈썹이 짙었다. 아비를 닮아 말이 적고 자주 얼굴을 찡그렸다. 초등학교 졸업 후에 상경해 시다 노릇을 하다가 오랜 숙련 끝에 일꾼 서넛을 거느린 양복점 사장이 된 그를 서른 해 만에 만났을 때 직공들이 자기 때와 다르게 정시면 칼같이 퇴근한다고 그게 내 탓이라도 되는 양 침을 튀겼다.

시간에 대하여

　길을 걷는다 천천히 좌우를 돌아보며 걷는다 기계처럼 일정한 속도로 걷는다 어느 순간 길이 내 걸음보다 빠르게 움직인다 나는 풍경에 빼앗긴 시선을 거두고 나로부터 달아나는 길을 따라잡으려 걸음에 속도를 더한다 길은, 내 걸음을 의식한 길은, 내 걸음의 속도를 눈치챈 길은 더 빠르게 달아난다 나는 더 빠르게 나를 벗어나려는 길을 놓치지 않으려 숨을 질질 흘리며 달린다 길은 더욱 가파르게 도망친다 나는 점차 과거로 밀려난다 마침내 길은 나를 쓰러뜨린다 내가 쓰러지자 길도 달리기를 멈춘다 쓰러져 누워서 보는 하늘이 곱다

어느 날 식당에서는

밥맛 좋기로 소문난 식당에서 어느 날 저녁을 먹고 나간 어떤 이는 사랑을 하러 가고 어떤 이는 빚 독촉을 하러 가고 어떤 이는 이별을 통보하러 가고 또 어떤 이는 주먹질하러 가고 어떤 이는 과외하러 가고 어떤 이는 사기 치러 가고 어떤 이는 대리운전하러 가고 어떤 이는 야간 경비 서러 가고 어떤 이는 시 쓰러 가고 어떤 이는 고향 가는 열차 타러 가고 어떤 이는 생을 마감하러 한강 다리로 간다. 밥맛 좋기로 소문난 식당에서 어느 날 어떤 이는 음미하듯 천천히 밥을 먹고 어떤 이는 허겁지겁 쫓기듯 먹고 또 어떤 이는 가축이 사료를 삼키듯 밥술을 뜬다. 어느 날 식당에서는 밥이 사람들을 먹는다.

울음

일주일에 한 번 내가 산을 찾는 까닭은
울기 위해서라네. 산속에는 울기 좋은 곳이 있어
장난감 같은 도시를 내려다보며 울기 위해
서러웠던 지난날을 떠올리고 그리웠던 순간들을
떠올린다네. 울음을 뚝뚝 흘리다 보면 내 몸은
샘이 되고 내가 되고 폭포가 된다네.
나를 에워싼 나무들이며, 잡풀들이며, 바위들도
들썩들썩 함께 운다네. 일주일에 한 번
산에 들어와 속을 비우고 나면
수건 다녀간 유리창처럼 영혼이 맑아진다네.
울음은 일주일분 내 생활의 양식이라네.

장작불

장작불을 피워 본 사람은 안다
젖은 장작이 불붙기는
힘들고 더뎌도 불땀이 좋고
나중까지 오래 탄다는 것을
더 오래 잘 타라고
활활 타오르는 불에
물을 뿌리기도 한다는 것,
나중 된 자가 먼저 된다는 것을

운명

충남 부여군 석성면 현내리 396번지.
야산으로 둘러싸인
둥지처럼 아늑한 증각골에서 나고 자랐다.
들과 산을 캐서 먹고 살았다.
훗날 국어 선생이 되어
고향의 아이들에게 시를 읽어 주고
주말이면 이웃들과 천렵을 다니거나
산을 타고 돌아와
보시기 안주로 탁주를 마시고 싶었다.
그러나 수상한 세월은 내 꿈을 앗아갔다.
나는 내 뜻과 상관없이 살아왔다.
이러구러 시간은 살같이 흘러
어느새 하산의 생을 살고 있는 나는,
분노를 학습시킨 서울시 주민이 되어
조석으로 한강 변을 걷고 있다.
어릴 적 내가 단 한 번도 상상한 적이 없는
운명에게 멱살 잡힌 채 살아가고 있는 것이다.

소리의 탄생

이른 아침 일어나 창문을 여니 소리들이 방 안으로 앞다투어 뛰어든다. 깃털같이 가벼운, 송판처럼 딱딱한, 깨진 유리처럼 날카로운, 로션 바른 얼굴처럼 촉촉한, 숲속 뛰쳐나온 계곡물처럼 명랑한, 그쳐 가는 아이의 울음처럼 가느다란, 숫돌 다녀온 못처럼 뾰족한, 구두의 뒷굽처럼 뭉툭한 소리들. 소리는 날마다 태어나 자라고 늙고 병들고 죽는다. 소리들은 서로 밀치고 껴안고 손잡는다. 침대와의 포옹을 풀자 작고 낮은 소리가 태어나 허공으로 아장아장 걸어간다. 오늘도 나는 번잡하게 하루를 살아 내면서 무수한 소리들을 낳을 것이다.

저녁 기차를 탔다

저녁 기차를 타고 고향에 간다
강경에서 내려 부여 쪽으로
시오 리 가면 막 캐낸 감자 같은
얼굴들을 만날 수 있다

풍경에 친절한 완행열차
수원, 천안을 지나면서부터는
차창 밖으로 인가의 불빛들
꽃잎처럼 피어날 것이다

출향 이후의 나날들
감은 눈 속으로
외화의 자막처럼 빠르게 지나간다

터널처럼 어두운 사랑이
지나갔고 굴욕과 패배감으로
소태같이 쓴 울음을 삼켜야 했고
한 여자를 만나 자식을 얻어
열 번의 이사 끝에
내 이름의 문패를 달게 되었다

그사이 유명을 달리한
몇몇 정인들

그런데 그러므로 그리고 왜냐하면
그러나 나는 살고 있는 것이다

차가 움직인다
기분 좋은 피로감이 몰려온다
눈 열어 차창 밖으로 시선을 돌린다

공터

공터에는 무엇이 살고 있을까? 공터에는 듬성듬성 잡풀
이 자라고 얼굴 가린 돌멩이들 땅속에 박혀 있고 부지런히
자리를 옮겨 다니며 비둘기들 브레이커 부리로 바닥을 쪼
고 불쑥 생각난 듯 바람이 찾아와 조용히 잡풀을 흔들다
가 냅다 비닐봉지를 걷어차고 풀잎 아래 그늘의 키가 자라다
가 줄어들고 일개미들이 자신들보다 큰 짐들을 실어 나르
고 걸레 뭉치인 양 휙, 새의 그림자가 지나가고 한구석 어
디서 굴러왔는지 널브러진 폐타이어 찢어진 틈새 먼지가 쌓
이고 창창울울 우거지는 고요의 공터에 분주한 일상이 산다

나라 꽃

세상에서 제일 장한 꽃 호박꽃
누가 보거나 말거나 커다랗게 피어서
노란 잇몸이 다 보이도록 활짝 웃는 꽃
태생지를 탓하지 않고 열심히 피다가
자기보다 훨씬 큰 열매를 쑥쑥 낳는 꽃
낮에도 피고 밤에도 피는 꽃
우리나라 여자들 엉덩이를 닮은 꽃
장마에도 바람에도 지지 않는
별 모양의 꽃
우리나라 여자들 젖무덤을 닮은 꽃
소처럼 우직한 꽃
애교 없이 속정 깊은 우리나라 꽃

아버지

몸에서 아버지 튀어나온다
고향 떠나온 지 사십 년
아버지로부터 도망 나와
아버지를 지우며 살아왔지만
문신처럼 지워지지 않는 아버지
몸 깊숙이 뿌리 내린,
캐내지 못한 아버지
여태도 나를 입고 사신다
아버지로부터의 도피
아버지로부터의 해방
나는 평생을 꿈꾸며 살아왔으나
나는 여전히 아버지의 식민지
불쑥, 아버지 튀어나와
오늘도 생활을 뒤엎고 있다

은행나무

늦은 밤 귀갓길을 밝히는
수백 수천의 노란 등불들
아래 서 있으면 까닭 없이
누군가의 안부가 그리워진다
봉함엽서에 깨알 같은 글씨로
사무치는 그리움 적어 보냈던 적 언제였나?
마음의 골짜기에 찬바람 인다
나무가 해 가기 전
저렇듯 환하게 등불을 켜는 것은
우리가 사는 동안
끄고 사는 것들이 많기 때문이리라
달빛 받아 글썽글썽
반짝이는 등불들
아래 서 있으면 이유 없이
황홀한 아픔으로 충만했던
가난한 시절의 얼굴이 떠오른다

달의 잎사귀

산책길, 잠을 벗어 놓은 토끼가 풀잎에 얼비친 낮달의 잎
사귀 아삭아삭, 맛있게 뜯어 먹고 있었다.

매미들

매미들은 나무들의 무보수 곡비들이 아닐까?
여름 한철 나무들은 매미들을 시켜
일 년 치 울음을 몰아서 우는 것은 아닐까?
거처를 내주고 짝짓게 하고
자신들의 매캐한 설움을 실컷 토해 내게 하는 것은 아닐까?
매미들은 월세를 울음으로 치러 내는 것은 아닐까?
그렇게 윈윈하는 것은 아닐까?
나무들이 운다 종일토록 운다
이 나무가 우니 저 나무가 운다
울면서 나무들이 자란다 창창울울 자란다

밥꽃

이른 아침 밥솥을 열면
다닥다닥 붙은 밥알들
한 무더기 꽃으로 피었습니다
구수한 향내 나는 밥꽃
주걱으로 따서
사발에 옮겨 놓고
숟가락으로 퍼 먹습니다
몸속에서 환하게 피었다 질
밥꽃
세상에서 제일 중한 꽃
밥솥 한가득 피었습니다

인연

계절의 솔기 뜯어져

산등에 나뭇잎 수북하고

소식 끊긴 인연의 솔기

뜯어져 주황빛 회한

서북쪽 하늘에 번진다

만취

늦은 밤 취해 걷다가 가로수와 부딪쳤습니다. 나무가 엄청 화를 냈습니다. 넌 하는 일이 뭐냐? 불만 토로밖에 더 있냐? 왜 내 잠자리까지 방해하느냐? 난 미안하다, 할 말 없다, 하면서 때마침 참을 수 없는 요기를 느껴 오줌을 갈겼습니다.

제4부

커밍아웃

어느 날 아침 샤워를 하다가 깜짝 놀랐다. 궁둥이에 꼬리가 생겨난 것이다. 내가 원숭이로 퇴화라도 했단 말인가? 기가 막혔다. 놀란 마음을 가라앉히고 나는 궁리에 몰두했다. 꼬리가 난 사실이 알려지면 가택연금을 당할지도 모른다. 나는 꼬리를 말아 감추고 하루를 시작했다. 꼬리가 생긴 뒤로 언행에 주의가 따랐다. 차라리 꼬리를 내놓고 살까? 불쑥 충동이 일기도 했지만 닥쳐올 후폭풍이 두려워 가까스로 억누르며 살았다. 그렇게 꼬리를 감추는 일이 습관이 되어 갈 즈음 나는 사람들이 의심스러웠다. 저들도 꼬리를 몰래 감추고 사는 것은 아닐까? 한번 의심이 들자 의심은 확신이 되었다. 그렇다. 사람들은 모두 나처럼 꼬리를 가지고 있다. 꼬리가 없는 것처럼 굴지만 그것은 기만이다. 꼬리가 발각될까 노심초사하며 행동거지에 주의를 기울이고 있는 것이다. 유난히 점잔을 피우는 자일수록 꼬리가 긴 사람이다.

보령댁

시장 한 귀퉁이 생닭집
천장에서 관절염 앓는 소리로
선풍기 돌아갈 때마다
도마에 내려앉은 피비린내
파리 떼처럼 자욱하게 날아오른다
붙박이장으로 서서
생모가지를 자르고
몸통 닭발 내장 따로
분리해 포장해 팔면서
낮달처럼 우련하게 웃는 그녀
오늘은 남편 귀빠진 날이라
평일보다 일찍 가게 문을 나선다
화원에 들러 꽃을 사고
제과점에 들러 케이크를 산다
집에 들어서기 바쁘게
뚝딱뚝딱 생일상을 차린다
늦은 밤 보채는 남편의 거시기
전투적으로 주물러댄다

혁명

햇살의 올이 풀리는

가을의 하오

나뭇잎 한 장 허공을 굴러

발등 위에 내려앉는다

또 한 장의 나뭇잎이

어깨에 몸을 뉘인다

가지 사이 하늘 평수가 넓어지고

나무 아래 고인 그늘 우물의

수위가 낮아지고 있다

고개를 숙이다

고개를 숙여 본 적 언제였던가?

다소곳이 고개를 숙이고

두 손 모아 본 적 언제였나?

고개를 숙일 때

마음에 고이는 겸손

고개를 숙인다는 것은

너에 대한 긍정

너에 대한 사랑

너에 대한 존경

고개를 숙여 본 적 언제였던가?

>
세상을 외면한 채

모자를 벗고

꽃에게,

바람과 강물과 나무와 구름과 별에게

고개를 숙일까?

나는 누구인가?

나는 누구인가? 집에서는 가장이었다가
가게에 들러 손님으로 물건을 샀다가
걸려 온 전화를 친구, 선후배가 되어 받다가
승객으로 전동차를 타고 볼일 보러 갔다가
우연히 거리에서 스승을 만나 제자가
되었다가 제삿날 밤에 불효자식이
되었다가 가끔 집에 들르는 아들에게
서먹한 아비가 되었다가 처갓집에 가서
백년 사위가 되었다가 시인이거나 독자가
되었다가 형이었다가 아우였다가 조카였다가
외삼촌, 삼촌, 당숙, 매부, 처형, 아저씨, 남편,
이웃, 당숙, 교사, 술꾼, 애인, 산보객 등속
나는 거듭 분열하는 주체로 살고 있다

나는 어느새

    나는 어느새 돌아갈 곳 없는 나이를 살고 있구나. 폐허된 지 오래인 고향엔 정인들 떠난 자리에 낯선 이들 들어와 살고 수십 년째 살고 있는 서울은 이국처럼 낯설다. 손처럼 살아온 날들. 순환하는 일상의 궤도는 잡지처럼 통속하고 시절은 갈수록 흉흉하여 헐벗은 언어의 숲에는 증오의 독버섯 창궐하고 있다. 나는 소음으로부터 고립되고 침묵으로부터도 고립된 것이다.[*]

---

[*] 막스 피카르트의 『침묵의 세계』에서 인용.

나무 도마

아침 잠결에 아내의 도마 소리가 들려옵니다. 도마 소리의 일정한 가락이 귀의 골목으로 걸어와 몸의 각 기관 속으로 스며듭니다. 저 소리가 잦아들면 온갖 냄새의 향연이 열릴 것입니다. 먼 옛날 어머니의 부엌에서 들려오던 도마 소리가 문득 그리워지는 아침입니다. 도마 소리는 칼이 도마에 부딪쳐 내는 소리입니다. 도마가 우는 소리인 것이지요. 도마에는 무수한 칼의 자국들이 있고 거기에는 맵고 시고 짜고 쓴, 색색의 냄새들이 배어 있습니다. 도마는 먼먼 옛적부터 오늘까지 어머니, 아내들의 몸입니다. 그러니까 나는 지금 어머니 아내들이 내는 신음 소리를 듣고 있는 셈입니다.

나의 장례식

눈물을 추레한 옷소매로 훔치며 서럽게 우는 저놈은 내 허물을 타자들에게 전주하며 키득거린 적이 있다. 영정 사진을 물끄러미 바라보는 정장 차림은 어느 날 죽는 시늉하며 돈 빌려 간 후 오리발을 내밀다가 불쑥 나타났다. 곡꽃이 청승맞은 저년은 애간장을 녹이다가 끝내는 딴 놈에게 정을 주었다. 잘못 말린 미역 줄기처럼 구겨진 얼굴로 안주 없이 소주 네 병째를 비우고 있는 칙칙하게 빛바랜 고동색 접우아기는 나한테 어지간히 구박받으며 살아온 놈이다. 또, 식장에 대한 예의도 없이 후드티셔츠를 입고 나타난, 쳐 죽일 저놈은 살아서 어쩌다 만날 때에도 밥값 한 번 안 내더니 오늘도 부의금 없이 독상을 받고 있구나. 문상하고 나와 글썽글썽한 눈으로 개밥바라기 별 바라보며 모락모락 담배 연기 피워 올리는 카키색 잠바때기는 언젠가 술집에서 사소한 언쟁으로 멱살 드잡이를 벌인 놈이다. 살아서는 낯짝 보기 어렵던 인간들이 한걸음에 달려와 슬픔 한 상 거방지게 때려먹고 있다. 찬란한 슬픔이다.

바닥

가을에는 바닥이 잘 보인다
냇가 냇물 바닥이 잘 보이고
산자락 산의 바닥이 잘 보이고
저 먼 끝 하늘의 바닥도 투명하다
가을에는 네 마음,
내 마음의 바닥도 손금처럼
환하게 잘 보여서
슬픔조차 맑고 투명하다

나의 해장법

술 마신 다음 날 나는
잔치국수로 해장을 한다
멸치 우려낸 국물에
삶아 헹군 소면을 말아
볶은 김치와 데친 애호박을
고명으로 얹어 먹는 잔치국수
세상에 져 술을 마시고 패잔병으로
돌아와 파지처럼 널브러져 자고 난 다음 날
국물을 마시면 쓰린 속 가라앉고
구겨진 몸이 시나브로 펴지는 것이다
술 마신 다음 날 아침 나는
잔치국수를 휘리릭 마시며
다음의 패배를 위해
나만의 조촐한 잔치를 즐긴다

너무 멀리 걸어왔다

바닥 훤한 냇물 속 노니는 물고기들 들여다본 적 언제였나?

산마루 넘어가는 구름 보며 콧노래 부른 적 언제였나?

새 울음소리 마음의 공책에 옮겨 적던 때 언제였나?

들려오는 종소리에 고개 숙이던 일 언제였나?

밤길, 달빛 동무 삼아 걷던 날 언제였나?

나는 나로부터 너무 멀리 걸어왔구나

다시 두부에 대하여

　형기 마친 죄수가 감옥 나설 때 왜 두부를 먹이는지 알겠
다. 두부는 칼을 두려워하지 않는다. 두부는 저항을 모른
다. 저를 베고 찌르는 칼, 연한 살로 감싸는 두부는 비폭력
박애주의자. 두부를 먹으며 용서하는 법을 배운다.

2021년에 쓴 약전

이 밤을 자고 나면 나는 65세가 된다. 한 해를 더 살면 무료 승차권이 나온다. 스물다섯에 상경하여 서울에서 사십 년째 살고 있다. 몸을 빌어 양식을 구하고 여자를 만나 아이 하나를 낳아 서른 해 동안 바라지를 하고 있다. 보람보다는 회한이 많은 세월이었다. 호구를 위해 청주 증평 대전 옥천 오산 등지를 떠돌았고 열두 번의 이사 끝에 마포 강변에 누옥 한 채를 마련했다. 되로 준 상처를 말로 되돌려받으며 아등바등 버텨 왔다. 평지 돌출 우여곡절 파란만장 요철의 시절을 살아오는 동안 두 번의 이혼 위기가 있었고 55킬로 몸무게가 70킬로가 되었다.

돌아간다는 말

나는 돌아가는 중
어제도 그제도 돌아가는 데 열중했다
태어나서 내가 한 일은 돌아가는 일
왔으니 돌아가는 것
돌아가는 길목에 벗과 의인
강도와 도둑 그리고 천사를 만났지만
나그네는 길에서 쉴 수가 없다
돌아가서 나는 말하리라
괴롭고 슬픈 일이 있었지만
약 같은 위로와 뜻밖의 사랑과
기쁨으로 걷는 수고를 덜 수 있었노라
나는 돌아가는 중
시간의 가파른 계곡을 타고
푸른 별, 숨 탄 곳
돌아가 나는 마침내 나를 벗으리라

들숨과 날숨

전동차에서 익명의 남녀들을 만난다.
나이가 다르고 얼굴이 다르고
옷차림이 다르고 포즈가 다른 이들이
같은 속도에 실려 가면서
날숨 들숨을 내쉬고 마신다.
처녀의 날숨을
내가 들숨으로 마시고
내 날숨을
중년 여인이 들숨으로 마신다.
공중을 부유하는 들숨 날숨이
숨 가쁘게 서로의 몸속을 넘나든다.
전동차에서 내리자
한 무더기의 날숨이 따라 내린다.
내가 차 안에 남긴 날숨은
한동안 다른 이들의
코와 입속을 분주히 오갈 것이다.

시래기 국밥

까닭 없이 서럽고 울적한 날 먹는다
얼린 동태처럼 심신 차가워질 때 먹는다
상사에게 꾸지람을 듣거나 친구와 다투고
마음에 안개 끼어 더부룩한 날 먹는다
그리운 이 눈에 밟힐 때 먹는다
이민 가는 이 배웅하고 돌아와 먹는다
자잘한 병 앓고 난 후 처음인 듯 먹는다
한 대접 거뜬하게 비우고 나면
영혼에 낀 그을음 환히 걷히는
추억의 자궁 같은 음식
밥 따로 국 따로 먹다가 국밥으로 먹는다

악몽

나는 오늘도 한 인간을 죽였다
사는 동안 얼마나 더 인간을 죽여야 할까?
매번 이번이 마지막이라 다짐하지만
결의를 무위로 돌리는 인간이 나타나
철옹성 같은 각오와 인내를 굴복시킨다
사람이 아닌 인간을 죽인 피 묻힌 손으로
시를 쓰고 밥을 먹고 술잔을 잡고 기도를 올린다
달포 전 나와 악수를 나누고 헤어진 친구는
쥐도 새도 모르게 저를 죽인 줄 모르고
오늘 내게 상냥한 미소를 지었다 한 번 죽인 자를
다시 여러 번 죽인 적도 있고 어제 죽인 자를
내일 죽일 자도 있다 내가 죽인 자들은
나보다 힘이 세고 나보다도 여유가 있다
인간을 죽인 날은 죽은 자들보다
내가 더 아프고 괴로웠다 나는 온 힘을 다해
인간을 죽이고 싶지 않다 인간을 죽인 날은
악몽으로 식은땀을 흘린다 인간이여!
나를 도발시키지 말아 다오 나는 결코
죽이는 일이 취미가 아니어서 꽃과 나무와 구름과
별을 사랑하는 사람이고 싸구려 멜로 앞에서

눈물이 범람하기도 한다

죽음을 저지를 때마다 죽음은 나를 훈육한다

바늘귀

터진 바짓단 꿰매려 바늘귀에 실을 꿰다가 나는, 누군가
의 말을 경청하는 일은 누군가의 해진 마음을 꿰매는 것과
같다는 말을 들었다.

사랑

낮에도 별은 반짝이고
낮에도 별똥별은 떨어지고
낮에도 달은 떠 흐르는데
어둠을 바탕으로 피는 것들을
낮에는 볼 수 없다네

사랑도 이와 같아서
너랑 나랑
한낮을 살 때는 뵈지 않다가
네가 지고 홀로 깜깜해지면

네가 내 생을 반짝였거나
내가 네 생을 흘렀다는 걸
뒤늦게 회한처럼 알게 된다네

오세영

이성과 감성의 서로 다른 줄기가
가닥가닥 꼬여 넝쿨져 뻗어서는[*]
연보라 등꽃송이를 피우는 사람
한겨울 북해도 활화산처럼
얼음의 표정 속 불 품고 사는 사람
조선의 딸깍발이였다가
아이의 무구로 살기도 하는 사람
세계 곳곳 유람하며 기록하는 탐험가
한지같이 바람에는 강하나
물에 약한 푸른 고집의 시인

[*] 송수권의 시 「등꽃나무 아래서」에서 인용.

열대야

여름날 밤의 도시는 거대한 수족관으로 변하고
열대어가 되어 버린 사람들은 팔다리를 흐느적거리며
흘러 다니다가 운 좋게 뜰채에 건져져
형기를 마친 죄수처럼 관을 벗기도 하였다

우중 산행

엄니 욕설 쏟아지네

능선 타고 흐르는 살가운 욕설

나를 키운 건 엄니의 욕설이었지

들을수록 신명 나는 욕설이여,

엄니 욕설 맞으며 산을 탄다

엄니에 흠뻑 젖었다 온다

이순

귀동냥으로 들은 이야기입니다
한여름 티베트고원의 매미 울음소리는
가을밤 여치 울음과 같이 선율이 곱고
낮고 잔잔하여 귀 절로 열린다 하였습니다
여의도 가로수에 터 잡고 우는
우리네 매미 울음소리는 발동기 소리처럼 우렁찹니다
왜일까요? 자동차들 굉음의 전선
뚫어야 구애가 가능하기 때문입니다
우리에게도 매미 울음 은피라미 떼
반짝이는 여울 되어 흐르던 여름이 있었습니다
이순의 나이 넘긴 지 여러 해
귀가 사나워지고
덩달아 목소리도 갈라지고 높아집니다
내게도 한때 막 빚어낸 술
향기 은근한 목소리로
당신의 귀 뜨겁게 달구던 시절이 있었습니다

일회용 인연들

장례식장에 가면 영정 사진 아래
습관처럼 엎드려 큰절을 올린다.
상주와 맞절을 하고 얼굴을 구겨
위로 몇 마디 건성으로 건넨다.
부의함에 조의 봉투를 넣고
방명록에 이름 석 자 적는다.
가로놓인 상 앞에 아는 얼굴들과
줄 맞춰 앉아 명함을 주고받고
용기에 담겨 온 일회용 음식을 먹는다.
먹을수록 허기가 지는
음식은 금세 바닥이 나고
물기 빠진 이야기도 시들해지면
하나둘씩 식장을 빠져나간다.
일회용 인연, 일회용 인생,
장례식장에 가면 일회용 표정들이 있다.

물 북

비 오는 날
연못은 물 북이 된다
북채가 되어 물 북을 사정없이
두들겨대는 빗방울들
맞을 때마다 물 북은 찢어지면서 운다
찢어진 자리를 잽싸게 와서
꿰매는 물의 바늘들
물 북이 운다
오래전 알고 지낸 한 여인처럼
슬픔으로 불어난 연못이 뚱뚱해진다
여인이 죽을 때까지
반복해서 비가 오고
그때마다 북이 된 연못은
북채를 맞으며 울 것이다

제5부

근현대사

　가스 불 위에 놓은 주전자 뚜껑이 들썩거리고 있다. 비등점에 오른 주전자 속 물방울들, 저 들끓는 분노의 수증기가 주전자 뚜껑을 확 열어젖힌 적은 없다. 절정의 한순간 정점을 찍은 물의 알갱이들은 뚜껑 안에서 시나브로 휘발되거나 바닥을 태웠을 뿐이다. 불 위에 놓인 주전자에서 나는 우리가 막 통과해 온 근현대사를 읽고 있다.

나는

눈물과 분노에 쉽게 전염되는 사람
누군가 울고 있으면 내 몸은 벌써
습지처럼 촉촉하게 젖어 오고
누군가 의분으로 떨쳐 일어서면
내 몸은 이미 주먹으로 단단해져 있다
나는 눈물과 분노 바이러스에
항체가 없어,
매일을 속수무책 울며 소리치는 사람

달려라, 뿔!

　사무실 창밖으로 한창 물오른 봄볕을 바라보다가 무심결 이마를 문지르는데 자꾸 손에 걸리는 무엇이 있어 거울을 들여다보니 뿔이 돋고 있는 게 아닌가. 뿔이 돋다니. 내가 염소나 황소라도 되어 간다는 건가. 이왕지사 생겨났으니 크고 단단하게 자라기를! 나는 뿔이 솟느라 근질거리는 이마를 연속해서 문질러 준다. 뿔이 다 자라면 무기로 쓸 생각이다. 들이박아야 할 것들이 너무 많은 세상, 신께서 내게 뿔을 주셨다. 달려라, 뿔!

레위기

 구약 레위기에는 비늘 없고 지느러미 없는 물고기는 먹지 말라는 내용이 나온다. 나는 이를 핑계로 믿음 갖기를 바라는 아내에게 말했다. 내가 제일 좋아하는 미꾸라지와 장어를 먹지 말라? 교회에 나가지 않겠다. 이에 아내는, 시인이 돼 가지고 비유와 상징도 모르느냐? 비늘 없고 지느러미 없는 물고기는 흐름을 역류하기가 어려워 물 탁해도 거슬러 오르지 못한다. 사람이 이와 다르지 않다. 세상이 오염되어 혼탁하면 세파에 거역할 줄 알아야 한다. 레위기는 그걸 말하고 있는 것이다. 추어탕과 장어구이 실컷 사 줄 테니 교회에 나가자 한다. 난 그 말에 그저 묵묵부답하였다.

묘비명
—브레히트 운을 빌려

나는 묘비가 필요치 않으나
굳이 세우려 한다면
이렇게 적어 다오
슬픔과 분노의 종으로 살다 간 사람
여기 잠들다
누군가 이 비문을 읽고 고개 주억거리면
나는 하늘 휘장을 열고 나와
햇살 한 줌 비추어 주리

세상에서 제일 아픈 이름

떠올릴 때마다 횡격막 근처로
회한의 피가 몰려오는 듯
가슴 위아래가 까닭 없이 묵직해지고
답답해지는, 살았을 적 살붙이로
따뜻한 정 나누지 못했던,
일자무식에다가 술주정 심해
가급적 언저리에도 가고 싶지 않았던,
무능하고 고지식해서 오직 당신 육체만을
생계의 수단으로 삼아야 했던,
우여곡절과 파란만장과 요철의 생
마감할 때까지 태어나 자란 곳
벗어나지 못했던,
내게 다혈과 가난을 유산으로 물려주신,
온몸을 필기도구 삼아 뜨겁게
미완의 두꺼운 책 쓰다 가신
세상에서 제일 아픈 이름
아버지!
당신에게 진 빚 다 갚지 못한 나는

벚꽃들

　여의도 벚꽃들은 해마다 봄 한철 노점상들을 먹여 살리느라 애를 썼는데 구청장도 못하는 그 일이 은근 자부이기도 해서 여기저기 꽃들을 자랑처럼 마구 펑펑 터뜨렸는데 갑자기 찾아온 팬데믹으로 작년과 올해는 하는 일 없이 시간을 보내는 게 괜스레 죄짓는 일 같다고 바람도 없는데 공들인 화장을 지우고 있는 것이었다.

오리와 호수

호수에 오리 가족이 노닐고 있다

오리들은 호수의 치마를 다리는 다리미인가?

오리들 지나고 난 뒤

수면의 겹주름이 팽팽하게 당겨져 있다

사람은 무엇으로 사는가

배가 고파 달걀 18개를 훔친 사내가
18개월 형을 받았다
달걀 하나에 한 달 형을 받은 것이다
곰국에, 계란프라이, 멸치볶음에, 시금치나물로
아침을 먹은 나는 참을 수 없는
굴욕과 부끄러움과 설움이 솟구쳤다
누가 저 사내의 가난에 돌을 던질 수 있단 말인가
저 사내가 받은 형벌에 너와 나의 무관심도 가담한 것이다
18개월 형을 때린 검사는
아내가 차려 준 더운밥을 먹고
기사 딸린 고급차를 타고 뻣뻣하게 목을 세운 채
출근하여 그것이 거룩한 사명이라도 되는 양
죄지은 자들에게 엄한 벌을 내릴 것이다
사람은 무엇으로 사는가
사랑이 없으면 누구나 짐승이 될 수 있다
18개의 계란이 하나, 하나가 낱개의 돌이 되어
구형을 내린 자의 얼굴을 향해 날아가리라

소리의 내력

만물은 저마다의 소리를 가지고 있다. 만물이 내는 소리는 평등하여 귀천과 서열이 없다. 바람이 불면 만물은 피리가 된다. 너와 나의 소리는 아홉 개의 구멍에서 나온다.

베란다 우두커니 서서 내리는 비 하염없이 바라보다가 대책 없이 비에 젖는 것들, 나무 풀 뜰 지붕 옥상 빨랫줄 골목 입간판 가로등 아스팔트 인도 위 고개 숙이고 걷는 사람들 바라보다가 모처럼 맞은 휴일의 하루가 저문다. 비를 맞고 있는 것들은 저마다 제 안쪽에 쟁여 온 비밀한 소리를 꺼내 바깥으로 토해 내고 있다. 나는 저 소리의 내력들이 궁금하다. 소리는 감추지 않고 속이지 않는다. 소리야말로 사물의 실체가 아닌가. 그러나 우리는 지금 보이는 것에 온통 눈이 쏠려서 소리가 전하는 진실을 듣지 못한다. 비가 내리는 동안 모든 살아 있는 것들은 저 혼자만의 존재의 방에 들어앉아 겸손한 얼굴로 골똘히 생각에 잠겨 있다. 이 비 그치면 오늘 나와 마주한 저것들 부쩍 키가 커져 있을 것이다. 길고 지루한 비는 생활의 장판지에 곰팡내를 피워대지만 제 몸 안쪽에서 나는 깊고 두꺼운 소리에 귀 기울여 침묵하게 만든다.

신이 앓고 계시다

신은 죽지 않고 앓고 계신다

신이 앓는 동안 오늘도 어제처럼

내일도 오늘처럼 주인인 악이 선을 종으로 부릴 것이다

신은 인간을 돌볼 여력이 없다

우리의 기도는 매번 도로에 그친다

습관의 나라에 습관의 해가 뜨고 습관의 해가 진다

강철 습관이 부박한 생을 끌고 다닌다

습관으로 희망을 품고 습관으로 절망하는 날들

화살표를 따라가면 장례식장이 나온다

아욱국

봄비 오는 날은 아욱국이 먹고 싶네. 아욱을 치대어 된장 풀고 왕 멸치 넣어 끓인 아욱국에 갓 지은 밥을 말아 한 술 두 술 천천히 떠 넣고 싶네. 아욱국 한 대접 비우고 나면 더부룩한 속이며 국물처럼 흐린 세상 개운해진다네. 아욱국은 온 식구가 둘러앉아 입천장 델라 천천히 한 술 두 술 떠 넣다가 마주 앉은 이마에 돋는 땀 옷소매로 훔쳐 주며 먹는 음식이라네. 몸과 더불어 마음까지 구수해지는 정이라네.

어떤 시인들

논, 개천, 못의 흙 속에 사는 미꾸라지들
물 흐린다 타박하고
냉소하지만 아서라,
미꾸라지가 흙 파헤쳐 탕을 만드니
논과 개천과 못이 병들지 않고 싱싱한 거다
혼란과 파괴는 창조와 건설의 어머니
미꾸라지 한 마리가 강물을 정화시킨다

우리 시대의 예수

예수는 더 이상 인간에 대한 연민으로 울지 않는다. 나는 늦은 밤 집으로 돌아오는 길에 율법의 감옥에서 탈출한 예수가 피를 흘리며 한 손에 도끼를, 또 한 손에 망치를 들고 신문사와 방송국과 대형 교회와 성당의 외벽을 부수고 자신을 숭배하는 상징인 십자가마저 찍어 내리는 것을 보았다.*

* 니체의 위험한 책, 『차라투스트라는 이렇게 말했다』에서 인용.

제비가 그립다

해마다 여름이면 식구가 늘었다
처마 밑 세 들어 살던 새댁은
다산한 여인답지 않게
몸매가 매끄러웠다
이른 새벽 빨랫줄에 앉아
내 늦은 잠을 깨우며
쉴 새 없이 잔소리를 쏟아붓던
그녀가 나는 귀찮았지만
하늘 밭을 경작하던
날렵한 동작에 넋을 놓기도 했다
아침 일찍 사립을 나선 그녀가
저녁이 오기도 전에 낮게 날아
서둘러 귀가한 날은
비릿한 살냄새를 풍기며 비가 쏟아졌다

콕콕, 매연의 부리에 몸 쪼일 때마다
마음 저 안쪽에서 들려오는
아, 정다운 목소리
지지배배, 지지배배

졸음

보채는 몸속 잠을 눈으로 내뱉다 보니
눈물 살짝 고인 눈가로,
냇물 속 벗은 발목에 몰려와서는
조동아리로 살 물어대던 치어 떼처럼
내보낸 졸음의 물고기들 다시 몰려와
지느러미 흔들어대며 헤살 짓고 있네

완성

나이 들수록 피부는
흙빛에 가깝고
몸에서는 흙냄새가 난다
흙으로 빚은 형상 뭉개지고
지워지는 날 비로소
나는 완성되는 것인가

인연 2

살면서 누군가를 깊이 안다는 것은
누군가의 생의 안쪽에 드리운
그늘과 슬픔까지를 내 것으로 받아들인다는 것,
의도의 개입 없이 저절로
누군가의 생이 내게로 스미고 번지는 것,
그것은 고뇌다
사람이여, 함부로 연을 맺지 말 일이다
내 안에 들어와 살고 있는 자가
내 생을 흔들고 있다

모닥불

눈 오는 날
모닥불을 피운다
수만 마리 나비 떼처럼
하늘하늘 내리는
눈송이들 모닥불에 떨어져 죽는다
죽어 버린 눈송이들
불이 되어 타오른다
두꺼비가 파리를 낚아채듯
모닥불은 넙죽넙죽
눈송이를 잡아먹고
나비 떼는 하늘하늘
불꽃으로 날아오른다

부여행

고향 가는 길이다.
버스나 기차를 타면 옛일
떠올리는 버릇이 있다.
오늘은 나를 아프게 다녀간
얼굴 하나 크게 떠오른다.
어린아이처럼 천진과 무애를 살던,
내게 사랑을 폭설처럼 퍼붓던,
몸에서 잘 익은 살구 냄새가 나던,
웃음이 박꽃처럼 환했던 그에게
난 얼마나 모질게 굴었던가
회한의 못 가슴에 깊숙이 박혀 아프다.
부디, 용서하시라,
살면서 죄를 닦으리.
짚수세미로 닦아 낸 놋 주발처럼
반짝반짝 추억을 빛내리

제6부

꿈

몽골 초원에 누워

광야의 어둠 찢는 늑대

울음소리 들으며 광도 높은

별들 우러르고 싶어라

땅의 숨결을 호흡하고

저온의 공기에 살갗 문대리

한 점 먼지에 지나지 않는

지구 별에서의 생을 마치면

광활한 우주 속으로 사라져

푸른 별 하나로 환생하리

꽃에 대하여

꽃의 내부는 어둠으로 차 있다
꽃의 불꽃 활활 타오를수록
어둠의 심연은 깊어진다
빛은 어둠의 아들
슬픔은 기쁨의 어머니
고요는 소요의 전조
내가 보내는 저녁노을을
너는 아침노을로 맞고 있다

가만히

변두리 허름한 식당에서
홀로 헐한 저녁을 먹을 때
식당 안 낯모르는 이들
식대 몰래 내 주고 싶다
살면서 몰래 한 일 얼마였나?
일도 사랑도 가만히 할 때
깊고 그윽한 것을

고장 난 선풍기 2

십 년 산 선풍기가 고장이 났다. 고개 들 줄 모른다. 그래도 내가 발로 스위치를 누르면 열심히 바람을 보내 준다. 고장 난 것들은 고집이 세다. 나는 선풍기의 고집을 이기지 못한다. 고치는 데 돈이 드니 고칠 생각이 없다. 아쉬운 대로 바람을 취할 뿐이다. 불편한 몸, 불편한 자세로 내가 원할 때마다 바람을 보내 주는 선풍기. 이런 가련한 기계가 또 있을까? 세상에는 이렇게 고장 난 선풍기 같은 이들이 있다. 한 번 입력된 생각으로 평생을 살면서 이용당하고 희생당하다가 마침내는 비참하게 버림을 받는 고장 난 인생들.

농부들

산 그림자가 커다란 차일이 되어 한 마을을 덮어 올 때 납작 엎드린 채 고랑을 타던, 허리가 구부정한, 검은 가축들은 우리로 돌아가 쓴 약 같은 여물을 먹고 죽음 같은 잠의 늪 속으로 깊이 빠져들 것이다.

단풍

신도 가끔은 무료하셔서
만산의 화선지에 붓질하신다
물감 듬뿍 적신 붓으로
서툴게 마구 칠한 색에서
아이들 함성 소리 뛰어나온다
신은 아이들에게만 친절을 베푸신다

더위

맹수처럼 날뛰던 더위

그늘 우리에 갇히니

순한 가축이 되네

동백 아가씨

술을 마시다 보니
방 안이 우주처럼 느껴졌다
나는 우주인이 되었다
세상 같은 건 망해도 좋았다
서른 해 전 헤어진 엄니를 만났다
늙은 나에게 경어를 써서 혼났다
한 잔을 더 마시고 엄니와 헤어졌다

코로나 19

공장 가동이 멈추자
하늘 푸르고 강물 맑아졌네
거리에 인간 소음 잦아들자
공기 투명해져 새들의 음표
더욱 높고 발랄해졌네
인간은 자연의 악성 바이러스
우리 몸 시들할수록
산과 들 기력을 찾네
사람에게 재앙인 코로나
자연에게 더없는 축복이라네

병

나이 드니 잔병들 생겨나기 시작한다
잔병 늘어날수록 죄짓는 일 줄어드니
어찌 낙망할 수 있으랴
죄악은 때로 지나친 건강에서 비롯되기도 하느니
오만방자했던 생이여!
찾아오는 병을 환대하여라
병은 내 안의 정서들 사이의 전쟁
나를 서서히 해방시킨다*
병처럼 큰 스승이 어디 있으랴

* 니체의 『이 사람을 보라』에서 인용.

상강

문틈 새 바람 선뜩하다
문득 거미의 안부가 궁금하다
허공 바다에 촘촘히 짠 그물 쳐
놓고 먹이 구하던 거미 가장들
땅으로 내려와
어디 가서 생업을 이어 갈까

가족 극장

나 어릴 적 아부지 술만 취하면 버릇처럼 농약병을 들고는 이놈의 더러운 세상 못 살겠다 차라리 죽는 게 낫겠다 설치시고 엄니는 그런 아부지 허리에 매달려 왜 그런대유, 개똥밭에 굴러도 이승이 낫다고 했슈, 무슨 약속처럼 신파를 늘어놓고는 하시었다. 그런 꼴불견을, 내가 혼자서만 좋아하는 이웃 마을 숙이가 혹 볼세라, 까닭 없이 전전긍긍 마음을 졸이고는 했는데…… 아, 그 징그러운 세월, 그러던 어느 날 또, 다 큰 아들 앞에서 벌이는 신파극이 지겨워 농약병을 건넸다가 싸대기를 세게 맞았고, 그 덕에 아부지의 버릇을 고칠 수 있었다. 옛날 일이다. 그때의 아부지보다 스무 년이나 더 나이를 먹은 지금에 와서 생각하면 아부지, 엄니 주연의 가족 극장은 충분한 배경을 지니고 있었다. 살아 계시면 술 한 잔 따라 드리며 그날의 무례를 빌고 싶은데…… 아부지는 가닿을 수 없는 먼 곳에 계시고 난 그날의 아부지가 남긴 유산인 청승과 멜로를 살고 있을 뿐이다.

우는 사람

마음의 우물이 말라 버렸다
구름이 흐르고 바람이 불고
별이 반짝이고
달빛 환하던 우물
마른자리 바닥에는
미움의 잡동사니 수북이 쌓여 있다
떠올리는 것만으로 까닭 없이
설레던 얼굴들 뵈지 않고
사소한 오해로 아득히 멀어졌구나
마음의 우물 말라 버린 뒤
누구도 간절히 그립지 않고
숭숭 구멍 뚫린 문풍지
저 혼자 우는 사람 되었다

사랑에 대하여

1
이슬에 담기려고
발등 붓도록
온 산야를 헤매는 만월

2
떡쌀처럼
눈부신 눈을
손으로 움켜쥐니
주르르 흘리는
눈물

3
　낮에도 어둡고 칙칙한 골목이어서 가급적 눈 주지 않고
피해 다녔던 그곳에 그(그녀)가 살고 있다는 것을 우연히 알
게 된 후 그곳이 갑자기 새의 둥지처럼 아늑하고 사색의 산
실처럼 느껴져 자꾸만 방문에의 충동이 일어나는 것[*]

[*] 발터 벤야민.

역사

오솔길을 오르다가 군데군데 헐어진 땅을 기워 가는
근방에서 유난히 도드라진 풀들을 본다.

작년 이맘때 이곳에서는 산짐승 사체
하나가 맹렬하게 냄새를 풍기며 썩어 가고 있었다.

탄생

가까이 살던 때는 소원하고 멀게만 느껴지던 이

죽어 멀어진 뒤에야 가까워져서 눈에 밟히니 어인 일인가

사랑이 탄생하는 미묘한 때를, 누가 있어 일러 줄 것인가

폭풍 속으로

바람이 거세다
몸은 돛처럼 부풀어 오르고
거리에 나서면 세상은
파랑 일렁이는 바다
돛배는 아슬아슬 곡예하듯
수면의 요철 위로 덜컹거린다
바람 속에는 도발을
충동하는 물질이 있고
바깥에서 불어와
나를 사납게 흔들던 바람의
숨 잦아들 때 안쪽에서 이는
바람이 바깥의 너를 흔든다
나로 인해 너는 위태해진다

수족관

죄수를 가둔 감옥은 우리가 사는 세상이 감옥이라는 사실을 감추기 위해 지어졌다*

동물원은 우리가 자유롭지 않다는 사실을 감추기 위해 지어졌다.

수족관 속 물고기들을 보면서 나는 생각한다. 우리는 나날이 평화롭지 않으며 불안에 시달리고 있다는 사실을 감추기 위해 어쩌다 들르는 횟집에서 날것의 비린 살점을 먹으며 계통 없이 떠들어대는 것은 아닐까?

* 미셸 푸코.

새해 첫날

마지막이라 굳게 다지며
죽은 나를 산속에 묻었다.
상복 입은 백화나무들이 도열한
채 칼바람에 자지러지게 울고 있었다.
눈이라도 퍼부을 듯 날은 잔뜩
흐려 있었고 등성이 너머 인가에서 개
짖는 소리가 하늘을 찢고 있었다.
나를 매장하고 와서 아내가
차려놓은 저녁상을 달게 비웠다.
여생을 살아내며 나는 몇 번이나
나의 마지막 매장을 결행할 것인가?

제7부

이순 너머의 귀

　나이가 들면서 신맛을 꺼리게 된다. 홍옥, 자두, 레몬, 자몽, 키위, 파인애플, 오렌지, 석류 등속의 과일을 입에 대지 않는다. 나이가 들면서 단맛이 당기게 된다. 딸기, 감, 메론, 체리, 수박, 참외 등속의 과일을 가까이한다. 나이가 들면서 귀에 신소리 쓴소리 대신 단소리만을 골라 듣는다. 이순 너머의 귀가 순해지지 않고 자꾸만 역해져 간다.

옛집

나의 전생은 새가 아니었을까?
덤불 속 둥지를 보면 거기,
새근새근 잠들어 있는
얼루룩덜루룩한 타원형 알들 곁,
내 누란의 생도 나란히 눕혀
곤한 잠자고 싶은 충동이 인다
숙면 끝에 부스스 깨어나
어리둥절한 눈으로 세상을 개관하고
막 돋기 시작한 날개를 키워
내게 허여된 하늘 광장을
깜냥껏 날고 싶은 것이다
지상에서 가장 키가 작은 집
낮에는 햇볕이 찰랑찰랑 쌓이고
밤에는 달빛이 글썽글썽 고이는
울타리 밖 바람도 유순해져
가만가만 부는 집, 내가 떠나온
머나먼 옛집

외로운 밤

발터 벤야민의 때 이른 자살과 윤동주의 불운과 이용악의 가난과 백석의 고독과 김소월의 불우와 진자의 다른 추였던 김남주와 밀란 쿤데라의 비극적 생애를 떠올린다. 정서의 부자가 시를 가난하게 만든다.

시인의 내면은 성인군자와 도박꾼과 바람둥이와 작부 그리고 성직자와 사기꾼과 쓰리꾼과 교사와 선지자와 도둑 등속의 다양한 인격들이 동거하고 있다. 그의 내면은 면책의 자유로 충만되어 있는 것이다. 시인이란 사물의 아름다움에 기꺼이 마음이 발기되는 자, 전인격을 강조할수록 시는 궁핍해진다.

우산들

비 오는 날 쓰고 나갔다가
날 개어 잃어버린 숱한 우산들
누군가 주워 잘 쓰고 있을까
슬프고 외로운 날 만나 사귀었다가
잃어버린 인연들 누군가 챙겨
잘 살고 있을까 돌아보니
내게 인연이란 우산 같은 것이었네
소중하게 간직하다가
사소한 이유로 잃어버린 인연들
우산이 귀한 시절에는 우산만큼
값진 것도 흔치 않았으나
우산이 천한 시절이 되니
자주 잃어도 애통치가 않네
비 올까 저어되어 들고 나갔다가
비 오지 않은 날은
외려 짐이 되기도 했던
우산, 우산들, 인연, 인연들

인연들

윤달 낀 해라서인지 단풍이 늦다
초록은 아직 지칠 기색이 없다
초록의 평균수명이 늘었나 보다

꽃은 순간에 피어 지지만
초록은 순간에 피어
길게 수를 누리다 간다

나를 다녀간 인연 중에는
꽃 같은 이가 있고
초록 같은 이도 있다

자선

북천을 나는 새들에게 뜨건 아욱 된장국 한 그릇씩 퍼 주고 우직하게 한 자세만을 고집하는 겨울 나목들을 데리고 가 삼겹살에 소주를 사 주고 한강 물고기들에게 칼칼한 칼국수 한 대접씩 안기고 어슬렁거리는 공중의 구름 소년들에게는 시원한 맥주를 권하고 저수지 둑길 매인 염소에게는 양장피에

고량주를 먹인 뒤 담배 한 개비 불붙여 주고 막 하늘 천장에 돋아난 샛별들에게는 따뜻하게 데운 우유 한 잔씩을 건네고 싶다

자전

오래 신어 닳은 구두 뒷굽이 한쪽으로 기울고
나이 들수록 어깨가 한쪽으로 기우는 것은
돌고 도는 지구를 밟아 왔기 때문

장맛비

　오늘 같은 날 저녁엔 장맛비로 눅눅해진 방을 말리기 위해 구겨진 보릿대를 잘 펴서 아궁이 속으로 밀어 넣으며 군불을 지폈으면 좋겠다. 아궁이 앞에 쪼그려 앉아 타닥타닥 타들어 가는 보릿대와 어둑신한 부엌 부뚜막을 환하게 물들이는 화염을 골똘히 응시하며 적막의 속살을 만지고 싶다. 그러면 젖어 축축해진 내 영혼도 시나브로 말라 가서 종국엔 뽀송뽀송 소리를 내겠지.

저수지

저수지가 꽁꽁 얼었다. 딱딱하고 두꺼운 빙판 위에 누군
가들이 던진 돌들이 어지럽게 놓여 있다. 저 저수지는 지난
계절 얼마나, 반짝이는 수다로 즐거웠던가

제빵사

　내가 아는 제빵사는 날 좋은 날 야외로 나가 하늘을 유유
히 떠다니는 뭉게구름을 뜯어다가 밀가루에 반죽해 빵을 굽
대요. 그래서일까요? 그 가게 빵을 베어 물면 마음이 풍선
처럼 부풀어 오른답니다.

가족 극장 2

추수가 끝난 지 달포가 지난 겨울 한낮 벌판엔 능선을 타고 내려온 된바람이 얼굴에 마른 흙을 흩뿌리고 있었다. 아부지는 용케도 미꾸라지 숨구멍을 찾아내어 삽으로 땅을 후벼 팠다. 땅속에는 어른 엄지 굵기의 미꾸라지가 잠자고 있다가 영문도 모른 채 끌려 나왔다. 나는 아부지가 캐낸 미꾸라지들을 바께쓰에 담았다. 반 넘어 차도록 아부지의 이마에 땀방울이 돋고 삽질은 멈출 줄 몰랐다. 해가 뉘엿뉘엿 기울어 마을의 지붕을 타 넘은 산그늘이 벌로 번지어 오면 집으로 돌아와 수확한 양식을 엄니에게 건넸다. 해감한 미꾸라지에 왕소금을 뿌리고 된장 풀어 푸성귀와 함께 가마솥 가득 넣어 끓여 낸 추탕을 두레밥상에 둘러앉은 아홉 식구들은 뻴뻴 가난을 흘리며 먹었다. 삼엄한 삼동 추위가 못이긴 체 저만큼 물러나고는 하였다.

주목나무

태백산을 오르고 있었다. 산의 능선은 활의 등처럼 완만
하고 부드럽게 휘어져 오르는 이들을 품고 있었다. 7부쯤
에 이르렀을 때 산의 명물인 주목나무 군락지를 만났다. 살
아 천 년, 죽어 천 년을 산다는 주목. 죽은 나무들과 산 나
무들이 한자리에 이웃해 어우러진 광경은 미상불 보기에
좋았다.

그 후, 주목은 내 생의 안쪽에 뿌리를 뻗어 와 생활의 마
당으로 그늘을 드리우곤 하였다. 산 자와 죽은 자가 더불어
산다는 것은 죽은 자를 산 자가 망각하지 않고 기억하는 것,
그것은 주목을 사는 일이다. 그날 내가 주목에 주목한 것은
기억의 연대와 영속에 관한 것이었다.

진달래꽃

우리 보기가 역겨워 꽃은 산속 홀로 피어 있다

말 많은 사람들이 싫어 꽃은 산속 외따로 피어 있다

분홍 살빛에 하늘이나 비치다가 구름이나 비치다가

간간이 들려오는 새 울음소리 콕콕 박히다가

설핏 산 그림자 스미는 한낮

우리 보기가 역겨워 꽃은 산속 저만치 피어 있다

춘우시정 春雨詩情

전남 해남이나 강진 가서 보리밭 흔드는 바람이나 쐬고 왔으면

봄비에 젖어 더욱 파란 보리 잎에 눈 맑게 씻고 왔으면

이랑 속 넘나들며 찧고 까부는 한 쌍 종다리나 희롱했으면

외상으로 저문 한 생애

쇄솨, 푸른 울음소리 몰아다가 해안가에 쏟아붓는 바람에게나 맡겨 놓고

주막에 들러 한 보시기 나물에 걸쭉하게 탁주나 한 잔 들이켜다 왔으면

컵에 대하여

　두 종류의 컵이 있다. 플라스틱 잔과 유리컵. 플라스틱은 깨지지 않고 때도 타지 않지만 불을 가까이 하면 오그라들어 소용을 다하게 된다. 유리는 투명하고 명징하지만 때가 잘 타고 바닥에 놓치게 되면 깨져서 쓸모를 다하게 된다.

　매일 아침 집 나서 플라스틱 잔 같은, 유리컵 같은 이들을 만나 왔다. 그사이 부주의로 오그라든 관계도, 깨진 인연도 있었다.

불안

하루하루 불안을 먹고 산다
어제의 불안을 밀어낸 자리에
오늘의 불안이 들어서고
오늘의 불안이 사라진 곳에
내일의 불안이 들어찰 것이다
불안으로부터의 도피는
더 큰 불안을 자초하는 일
사는 동안 불안을 두려하지 말 일이다
불안은 생의 반려자
불안이 오면 그를 응시하고 수용하라
나를 키운 건 팔 할이 불안이었다
오래된 안정은 썩는 것
저벅저벅 불안이 걸어온다
살아 봐야겠다

통곡

가을은 울기 좋은 계절

산속 붉게 타는 단풍 속에

퍼질러 앉아

영혼의 쇄골이 드러나도록

안에 고인 설움을 퍼내고 와서

아무 일 없었다는 듯

내일을 살자

쬐다

오늘은 추운 마음을 덥히려 강가를 거닐며 강물을 쬐다 돌아왔다. 햇볕이 소금처럼 하얗게 쏟아지는 날을 택해 꽃이나 실컷 쬐다 왔으면 한다. 무엇을 쬔다는 것, 떠올리는 것만으로도 마음이 더워진다. 사랑은 서로가 서로를 쬐는 일이다.

산행

　나는 산행을 할 때마다 땅 바깥으로 불거져 나온 나무뿌리가 보이면 비껴 걸었다. 등산화에 밟혀 반질반질 닳은 뿌리가 쓰리고 아팠다. 나무의 고된 일과가 안쓰러워 그들의 등이나 팔을 쉼터로 삼지 않았다. 그들의 일터를 함부로 대하는 이들이 미웠다.

해 설

온몸으로 밀고 나간 묵직한 서정

고형진(고려대 교수, 문학평론가)

1

이재무는 자연을 시의 소재로 빈번하게 사용하고, 묘사적 이미지를 시의 중심 기법으로 구사하며, 일인칭 화자의 독백을 일삼는다는 점에서 보수적인 서정시를 추구한다고 할 수 있지만, 그의 시는 기존의 서정시와는 완연히 다른 톤과 색깔을 드러낸다. 서정시가 가지고 있는 일반적인 특징들, 부드럽고 완곡하며, 애상적이고 낭만적인 정서와 어법을 이재무의 시에서는 조금도 찾아볼 수 없다. 그는 나무와 꽃, 강과 호수, 강우와 강설과 계절의 변화 등 서정시의 마을에서 수천 년간 이어진 소재들을 얌전하게 따르고 있는데, 그가 이 동네에서 관습적인 재료들로 제조한 예술품은 강인하고 우렁차며, 활기차고 현실 지향적인 특징을 지니고 있다. 그는 서정시를 보수적으로 답습하면서 서정시에 대한 재래적 관념을 완전히 전복시켜 놓는다. 그래서 독자들은 그의 시를 기존의 독법으로 편안하게 읽으면서 새로운 감동을 만끽하게 된다. 그가 서정시의 오랜 부락에서 개척해 낸 영토는 무엇보다도 자연이라는 소재와 현실적인 삶의 가치들을 자연스럽게 연결시킨 점에 있다. 그는 그것을 시적인 묘사를 통해 감쪽같이 이루어 내고 있다.

> 6월의 나뭇가지에
>
> 가득 열린 푸른 물고기들
>
> 바람이 불 때마다
>
> 지느러미 흔들며
>
> 공중을 헤엄치고 있다
>
> 나무들마다 만선이다
>
> ─「만선」 전문

6월의 나무에 달린 무성한 이파리들이 물고기로 묘사되고, 바람에 흔들리는 나뭇잎은 물고기들이 바다를 유영하는 것으로 그려진다. 이 비유에서 허공은 자연스럽게 바다에 빗대진다. 여기까지는 서정시에서 익히 보아 온 나무에 대한 낯익은 묘사라고 할 수 있다. 그런데 이재무는 여기에 새로운 비유 하나를 덧붙이며, 그것이 이 시의 독창적인 '시안' 역할을 한다. 바로 "만선"이란 이미지이다. 이 한 단어로 이 시는 푸른 나무의 생명력뿐만 아니라, 나무의 생장에 담긴 고투와 성취의 희열을 전하게 된다. 그리고 그 순간 나무의 삶은 고스란히 인간의 삶에 대한 비유로 전환된다. 나무에 대한 묘사가 어부들 삶의 신산함과 노동의 숭고함에 대한 환기로 이어지고 있는 것이다.

> 호수에 오리 가족이 노닐고 있다
>
> 오리들은 호수의 치마를 다리는 다리미인가?
>
> 오리들 지나고 난 뒤
>
> 수면의 겹주름이 팽팽하게 당겨져 있다
> ─「오리와 호수」 전문

이 시는 정지용의 시 「호수」와 겹쳐 읽힌다. 그만큼 익숙한 소재이고 낯익은 풍경화이다. 정지용도 그렇지만, 호수를 그린 수많은 서정시는 잔잔한 풍경을 감각적으로 묘사하고, 아름답고 평온한 경치를 눈에 보이지 않는 소중한 것들, 예컨대 마음, 사랑, 영원 등과 같이 추상적이면서 아늑한 존재들에 비유해 오곤 하였다. 그런데 이재무는 호수 위의 오리의 유영을 치마의 다림질 행위에 빗대고 있다. 오리의 움직임을 놀랍게도 매우 현실적인 일상의 노동 행위에 견주고 있는 것이다. 오리와 다리미는 흥미롭게도 시각적 유사성이 있는데, 이 시의 비유는 둘 사이의 외양에 머무는 것이 아니라, 오리의 행위, 즉 그의 노동에 초점이 맞추어져 있다. 시인은 오리와 호수의 정태적 자태와 풍경이 아닌 오리가 유영하며 변화시키는 호수의 아름다움에 시선을 보내고 있으며, 그 아름다움은 바로 오리의 행위, 즉 그의 노동에서 비롯된 것임을 환기시키고 있는 것이다. 우리는 이 시를 읽으며 오리와 호수가 만들어 내는 풍경의 역동적 아름다움을 새롭게 감상하면서, 동시에 옷을 다림질하는 노동의 아름다움과 숭고함을 새삼 돌아보게 된다.

이번엔 이재무가 '꽃'이란 서정시의 아주 오래된 소재를 어떻게 다루는지 살펴보자.

여의도 벚꽃들은 해마다 봄 한철 노점상들을 먹여 살리느라 애를 썼는데 구청장도 못하는 그 일이 은근 자부이기도 해서 여기저기 꽃들을 자랑처럼 마구 펑펑 터뜨렸는데 갑자기 찾아온 팬데믹으로 작년과 올해는 하는 일 없이 시간을 보내는 게 괜스레 죄짓는 일 같다고 바람도 없는데 공들인 화장을 지우고 있는 것이었다.

—「벚꽃들」 전문

개화와 낙화만큼 서정시에서 자주 다룬 소재도 드물 것이다. 그중에서도 화사한 빛으로 단번에 피어올라 이 세상을 꿈속같이 만들었다가 한순간에 자신을 깨끗이 비우는 벚꽃은 개화와 낙화의 속성을 가장 극적으로 드러내는 꽃이기에 서정시인들이 특히 애용하는 소재이다. 이 시는 벚꽃의 개화와 낙화를 함께 그리고 있다. 그런데 이재무는 벚꽃이 피고 지는 자연현상을 보며, 그 꽃에 대한 미감이나 존재의 숙명보다는 지극히 현실적인 생활 문제를 떠올린다.

여의도 벚꽃의 개화가 구청장도 해결 못 하는 노점상 생계를 돕는 일이라는 것은 기존의 서정시에선 생각하기 어려운 상상이다. 벚꽃에 관한 한 이것은 의표를 찌르는 시적 성찰이라고 하지 않을 수 없다. 벚꽃에 대한 이재무의 상상은 '아름다움'이란 것이 자태에서 뿐만 아니라 행동에서 나타나는 것임을 전해 준다.

사실 아름다움에 대한 이 전언은 별반 새로울 것이 없지만, 그러나 사람들이 평소에 가장 많이 잊고 지내는 일이기도 할 것이다. 이재무는 일상에서 잊고 지내기 일쑤인 그 가치를 일상에서 가장 비근하고 매혹적인 자연물인 벚꽃에 대한 기발한 상상을 통해 전함으로써 독자들의 마음을 흔들어 놓는다. 독자들은 꽃의 화사한 매혹에만 빠져 있던 자신을 돌아보며, 아름다움의 진정한 의미를 마음 깊이 되새기게 될 것이다.

2

세상의 모든 사물과 현상에 대한 자기 감정과 느낌을 전하는 서정시에서 시적 대상에 대한 감각적인 반응의 전달은 다른 어떤 것보다도 중요한 요소일 것이다. 감각의 예민함과 참신함은 그것을 전달하는 언어능력과 함께 시적 출발의 첫째 조건일 것이다. 시적인 감각에서 가장 많은 비중을 차지하는 것은 시각이다. 시인은 '보는 사람'이며, 상상한다는 것은 곧 마음속에 대상을 그린다는 것이다. 그리하여 시각적인 이미지의 구사가 시적 테크닉의 중심이 되어 왔다. 마음의 무늬를 그려 내는 서정시에서 그 점은 더 중시되어 왔다. 그런데 이재무의 서정시에서 눈에 띄는 감각은 시각이 아니라 청각이다. 그는 청각으로 대상을 감지하는 데 남다른 촉수를 발휘하며, 청각을 통해 사물의 진실에 육박해 간다.

베란다 우두커니 서서 내리는 비 하염없이 바라보다가 대책 없이 비에 젖는 것들, 나무 풀 뜰 지붕 옥상 빨랫줄 골목 입간판 가로등 아스팔트 인도 위 고개 숙이고 걷는 사람들 바라보다가 모처럼 맞은 휴일의 하루가 저문다. 비를 맞고 있는 것들은 저마다 제 안쪽에 쟁여 온 비밀한 소리를 꺼내 바깥으로 토해 내고 있다. 나는 저 소리의 내력들이 궁금하다. 소리는 감추지 않고 속이지 않는다. 소리야말로 사물의 실체가 아닌가. 그러나 우리는 지금 보이는 것에 온통 눈이 쏠려서 소리가 전하는 진실을 듣지 못한다. 비가 내리는 동안 모든 살아 있는 것들은 저 혼자만의 존재의 방에 들어앉아 겸손한 얼굴로 골똘히 생각에 잠겨 있다. 이 비 그치면 오늘 나와 마주한 저것들 부쩍 키가 커져 있을 것이다.

—「소리의 내력」 부분

시인은 비 내리는 휴일 집 안의 베란다에서 비에 젖은 바깥 풍경을 바라보는데, 그의 감각은 비에 젖은 사물들의 외양을 향했다가 곧바로 사물이 비를 맞아 튕겨 내는 소리로 이전한다. 그는 사물과 비의 마찰음인 빗소리에 예민한 촉수를 발휘한다. 그는 빗소리야말로 사물의 실체가 아닌가 생각한다. 그 소리는 무방비로 일어나는 것이다. 그 소리는 감추려야 감출 수가 없는 것이다. 그것은 사물들이 내는 솔직한 소리이며, 사물의 내면을 그대로 드러내는 신호이다. 비에 의한 사물의 소리는 소리를 듣는 타자뿐만 아니라 소리를 내는 사물도 동시에 듣는다. 사물은 겸손하게 자신의 내면의 소리를 경청하며 자신을 돌아보게 된다. 이재무는 「비에 대한 명상」이란 시에서 이런 현상을 "사물들은 온몸이 귀와 손이 되어 다소곳하게 자신들이 내는 소리를 경청하며 만"진다고 표현하고 있다. 사물은 있는 그대로 내면의 소리를 드러내고, 그러한 자기 소리를 경청하면서 내적으로 성장하게 될 것이다. 풀은 비를 맞은 후에 키가 부쩍 크게 되는데, 그런 자연현상을 시각이 아닌 청각적으로 감지하며 거기서 존재의 내적 성숙을 성찰하는 것은 기존의 서정시인이 시도하지 않았던 새로운 상상이다.

사물의 소리엔 가식과 위선이 없고, 사물의 본질과 진실이 그대로 드러난다고 생각하는 이재무는 계절 중에서도 특히 여름을 좋아하게 된다. 봄, 가을, 겨울이 시각의 계절이라면 여름은 청각의 계절이다. 여름엔 이상이 산문 「권태」에서 통찰한 대로 초록의 단조로움이 지루하게 지속되는 대신, 무성한 각종의 소음들이 사방에서 울려 퍼진다. 산새들이 곳곳에서 짖어 대고, 무논의 개구리들이 단체로 울어 대며, 매미들이 일제히 떼창을 하고, 계곡 물소리가 괄괄하게 흘러내리며, 천둥이 굉음을 낸다. 여름은 소란의 계절이며, 이재무는 그토록 소란한 여름을 즐거워한다.

> 나는 시끄러운 여름이 좋다
> 여름은 소음의 어머니
> 우후죽순 태어나는 소음의 천국
> 소음은 사물들의 모국어
> 백가쟁명 하는 소음의 각축장
> 하늘의 플러그가 땅에 꽂히면
> 지상은 다산의 불꽃이 번쩍인다
> 여름은 동사의 계절
> 뻗고, 자라고, 흐르고, 번지고, 솟는다
>   —「나는 여름이 좋다」 부분

　　이재무가 소음을 좋아하는 것은 그것이 바로 "사물들의 모국어"이기 때문이다. 소음은 사물이 어머니로부터 부여받은 언어란 것이다. 소음은 사물의 때 묻지 않은 원시적인 육성이다. 그래서 소음으로 가득 찬 여름은 이 세상이 가장 순수한 자기 모습을 내비치는 계절이다. 여름은 소음뿐만 아니라 모든 존재가 자기를 둘러싼 허위의 치장을 벗어 버리는 계절이다. 인간도 여름이면 옷을 벗어 버리고 자기 마음을 그대로 드러낸다. 여름은 태초의 순수성과 야성을 지닌 계절이다. 소음과 소란과 순수 야성이 들끓는 여름은 활기차고 역동적이다. 시인은 그 모습을 "뻗고, 자라고, 흐르고, 번지고, 솟는다"고 표현한다. 여름이란 관점에서 보면 순수함과 역동성은 동전의 양면과 같은 모습이다. 우리는

그것을 어린아이의 모습에서도 찾아볼 수 있을 것이다. 그렇게 허위와 가식을 벗고 순수한 모습으로 활기차고 역동적으로 움직이는 것에 세상의 진실이 있다고 이재무는 생각한다. 그래서 그는 진실은 명사가 아니라 동사로 이루어진다고 말하고 있다.

> 명사에는 진실이 없다
> 진실은 동사로 이루어진다
> 신이나 진리를 명사로 가두지 마라
> ―「동사를 위하여」 전문

그가 신이나 진리를 명사로 가두지 말라고 했을 때, 그 말은 신이란 존재 그 자체보다 그의 실행이 중요한 것이며, 또 아무리 좋은 말도 그것이 실천되었을 때 비로소 의미 있다는 것을 말하는 것일 것이다. 그래서 그가 말하는 '동사'는 다른 말로 풀이하면, 실행, 도전, 극복, 개혁 등과 같은 것을 의미한다고 볼 수 있다. 그는 「물난리」란 시에서 어렸을 때 고향에서 물난리로 고생했던 시절을 회상하면서 가난한 살림의 비애와 이재민의 고충을 토로하는 것이 아니라, 수마와 싸우고 물난리로 파손된 살림들을 복구하던 이재민처지의 활기찬 모습을 떠올린다. 그러면서 지금은 제방을 쌓아 물난리 걱정을 덜었지만 그와 함께 생의 활기도 떨어진 것이 아닌가 우려하며, 오히려 수마와의 대결 의지로 생의 의욕이 충만했던 고난의 시절을 더 그리워하고 있다. 이재무는 무엇보다도 정체되어 있는 것, 고여 있는 것, 막혀 있는 것, 편안하고 안정적인 것의 허위와 위험을 염려하고 있으며, 그래서 그는 소란하고 역동적인 사물과 세상이 품고 있는 진실된 가치를 쫓고 있는 것이다.

3

시각보다는 청각, 애상적인 정서보다는 역동적인 정서와 의지를 추구하는 이재무의 시는 자연스럽게 일인칭 화자의 목소리를 적극적으로 드러낸다. 그는 사물과 세상으로부터 거리를 두거나 그들의 뒤편에 물러서서 그것들을 바라보고 생각하기만 하지 않는다. 대상을 객관적으로 그리는 묘사적 이미지를 시의 중심 기법으로 삼고 있긴 하나, 그 이미지에 자신의 생각과 의지와 주장을 적극적으로 피력한다. 현대시는 모더니즘 이후 이미지를 중시하는 시에서 일인칭 화자의 목소리를 축소하거나 배제하는 방향으로 흘러왔지만, 이재무는 그 계열에서 시를 쓰면서 소월과 육사와 청마의 서정시가 추구한 일인칭 화자의 독특한 음색을 시 안에 적극적으로 활용하고 있다. 그의 시가 발산하는 매력의 상당 부분은 시인을 대변하는 일인칭 화자의 목소리가 뿜어내는 힘찬 에너지에서 나온다.

고개 숙여 평생 밥을 먹어 온 나는

우뚝 서서 봄비를 맛있게 먹는

나무를 부러운 듯 오래 바라다본다

　　밥 앞에서 굴신을 모르는 저 당당한

　　수직의 생을 누군들 따를 수 있으랴
　　　　　　　　　　　　　　　　　—「밥」전문

　　이 시는 외부의 수분을 영양 삼아 수직으로 생장하는 나
무의 생태를, 고개 숙이며 타인에게 굴신하며 지내는 뭇 인
간들의 삶에 대한 귀감으로 삼고 있는 작품이다. 이 관습적
인 소재의 익숙한 서정시가 새롭게 읽히는 것은 시의 전면
에 나선 일인칭 화자 '나'의 진솔하고 우렁차며 강직한 목소
리 때문이다. 이재무는 세속 인간들의 비굴한 삶을 타자가
아닌 바로 '나'의 삶으로 치환한다. 인간의 삶과 나무의 생
을 객관적인 시선으로 비교하며 묘사하는 것이 아니라, 시
인이 자신의 비굴한 삶을 먼저 고백한다. 진솔한 자기 고백
만큼 독자들의 공감을 얻는 일도 없을 것이다. 이제 독자들
은 그의 목소리에 귀를 기울이며, 그의 감정에 자신들의 감
정을 포개기 시작할 것이다. 그리하여 시 속의 '나'가 나무
가 부럽다고, 그가 당당하다고 자신의 감정을 여과 없이 노
출해도 독자들은 거부감을 갖기보다는 그런 시인의 감정에
자연스럽게 스며들어 간다. 또 마지막 대목에서 나무를 향
해 "굴신을 모르는 저 당당한/ 수직의 생을 누군들 따를 수
있으랴"라고 마치 선언문 낭독하듯 직설적으로 외쳐도 그
것은 시인의 강직한 목소리로 호소되어 독자들은 그와 함께
목청을 높이게 된다.

여기서 또 하나 주목해야 할 것은 이러한 강력한 일인칭 화자의 목소리가 상대하고 있는 것이 '나무'라는 비인격체라는 점이다. 더 정확히 말하면 그것은 시인이 비유적으로 만든 가상의 상징물이다. 이재무는 가상의 상징물을 향해 그토록 우렁차게 외치고 있는 것인데, 그렇게 상대를 향해 진심을 다한 시인의 강력한 육성이 가상의 상징물을 실재하는 인격체로 여기게끔 만든다. 일인칭 화자의 강력한 목소리가 묘사적 이미지로 시의 전언을 환기시키는 그의 시에 현실적 삶의 리얼리티를 부여하고 있는 것이다. 그런가 하면 그의 시 쓰기 방식이 시인과 의인화된 사물과의 교감을 중심으로 진행된다는 점에서 보면, 그가 동화적 상상력을 발휘하고 있는 것이라고 말해 볼 수도 있을 것이다.

나무 속으로 들어가 수로를 따라 걸었다. 푸른 들, 푸른 하늘이 펼쳐지고 푸른 마을과 푸른 언덕과 푸른 우물과 푸른 지붕이 천천히 다가왔다. 푸른 학교가 보여 성큼 들어섰다. 긴 낭하를 따라 풍금 소리가 들려왔다. 음표가 흘러나올 때마다 이파리들 파랗게 몸 뒤집으며 반짝반짝 웃고 있었다. 나무 속으로 강이 흐르고 새들이 날고 푸른 연기가 피어올랐다.

—「나무 속으로」 전문

이 시는 나무의 상쾌한 느낌을 전하는 작품이겠지만, 그 것을 형상화시키는 방식, 특히 나무에 시인의 감정을 투영시키는 방식이 기존의 서정시의 틀을 벗어난다. 시인이 서

사의 주인공이 되어 나무 속으로 들어가 나무 안의 새로운 세상을 경험하는 방식으로 나무의 느낌을 전달하고 있는 것이다. 이 시의 상상은 루이스 캐럴의 동화『이상한 나라의 앨리스』에서 주인공 앨리스가 회중시계를 든 토끼를 따라 토끼 굴 속으로 들어가 그 안에서 환상적인 세상을 경험하는 것을 연상시킨다. 시인은 일인칭 주인공 시점을 견지하며 동화적 상상력을 발휘하여 순간의 정서 환기라는 서정 장르의 본질적 제약을 뛰어넘어 풍부하고 다채로운 시의 정서를 만들어 내고 있다.

그렇다고 시인과 의인화된 비인격체와의 교감으로 진행되는 그의 시가 모두 동화적 상상력을 드러내는 것은 아니다. 동화적 상상력은 일인칭 화자의 목소리를 내려놓지 않는 그가 대상과의 새로운 교섭 방식으로 고안한 하나의 시적 형식일 뿐이다. 그는 대상에 따라, 또 추구하는 시적 전언에 따라 다양한 형식을 시도한다.

> 높고 긴 계단들은 어디로 갔을까
> 계단을 오를 때는 단계를 밟아야 한다
> 계단에서는 추월이 어렵다
> 계단을 오를 때 신체는 정직해진다
> 계단은 나쁜 생각에 인색하다
> 육체가 비명을 지를 때 밝아지는 정신
> 계단을 오를 때 시선은 바닥을 응시한다
> 계단을 오를 때 누구나 혼자가 된다
> 계단은 리어카 바퀴를 닮았다

도시를 떠난 계단을 산에서 만난다

—「계단」 전문

　　이 시에는 일인칭 화자 '나'가 시의 문면에 나타나 있지 않
지만, 그 어떤 시보다 일인칭 화자의 목소리가 짙게 묻어 있
다. 이 시에서 일인칭 화자는 앞선 시에서 시도한 동화적 상
상력과는 또 다른 방식으로 활용된다. 이 시에서 일인칭 화
자는 시인과 완전히 일치한다. 이 시는 전적으로 시인 이재
무의 실제 경험의 소산이다. 시인 이재무가 계단을 오르며
온몸으로 보고, 느끼고, 생각한 것들을 그대로 발산한 것이
다. 이렇게 시인의 시적 체험이 실제 체험과 밀착되어 있을
때 그 체험은 독자들에게 그대로 전이된다. 독자들도 시인
과 동일한 방식으로 시적 경험을 하게 되는 것이다. 그럴 때
독자들은 시인이 보고, 느끼고, 생각한 것을 몸으로 체득
할 것이다. 시적인 전언을 머리나 심장이 아닌 온몸으로 깨
닫는 것만큼 절실한 감동으로 다가오는 일도 없을 것이다.
　　이재무 시의 소재들은 대체로 익명화 내지는 무명화되어
있다. 현대시가 명명화된 소재를 선택하는 방향으로 흘러
온 것을 생각해 보면 이재무의 시는 과거로 역류하는 것처
럼 보인다. 하지만 그의 시의 역방향은 우리의 찬란한 서정
시 유산의 또 다른 창조이다. 소재의 무명화로 시적 성공을
거둔 대표적인 서정시인으로 김소월을 꼽을 수 있다. 소월
은 꽃, 새, 산 등과 같이 구체적으로 이름이 부여되지 않은
자연물로 보편적인 감동을 전해 주는 '국민시'를 만들어 냈
다. 이재무 시의 무명화된 소재들은 온몸으로 쓴 그의 시를

독자들에게 그대로 전이시키는 데 효과적이다. 「계단」이란 시에서 시적 경험의 생생한 전달은 소재가 무명화되어 있기 때문이다. 시인이 특정 공간에 설치된 특정한 계단을 밟아 올라가는 것이라면 독자들은 그 체험을 머리로 이해하지 몸으로 느끼긴 어려울 것이다.

이재무는 무명화된 소재를 계산된 언어보다는 온몸으로 밀고 나가 독자들에게 시적 체험의 전율을 온몸으로 전해준다. 그가 다루는 자연물의 소재들도 꽃, 강, 호수, 나무 등으로 대부분 무명화된 것들이다. 자연물 중에는 시 쓰기에 좋은 어감과 비유를 갖춘 특별한 이름들이 많지만, 이재무는 고집스럽게 이름 없는 자연물들을 호명할 뿐이다. 그는 서정시의 교범을 우직하게 따르면서 말의 기교가 아니라 감정과 체험의 진정성으로 시와 정면 승부하는 시인이다. 부드럽고 유약한 감성으로 세상 저편의 세계를 노래하는 것으로만 여겼던 서정시에서 현실적 삶의 리얼리티를 느끼고 시인의 시적 체험을 고스란히 경험하며 묵직한 감동을 받는 것은 이재무의 시 읽기가 주는 커다란 즐거움의 하나이다.